実《じっ》況《きょう》パワフルプロ野《や》球《きゅう》

めざせ最《さい》強《きょう》バッテリー！

はせがわみやび・作
ミクニ シン・絵

角川つばさ文庫

登場人物《とうじょうじんぶつ》紹介《しょうかい》

星井《ほしい》 スバル

パワフル高校《こうこう》

銀河《ぎんが》の幼《おさな》なじみ。子《こ》どものころに引《ひ》っ越《こ》ししたが、それ以前《いぜん》は銀河《ぎんが》とバッテリーを組《く》んでいた。

パワフル高校《こうこう》

夏野《なつの》 銀河《ぎんが》

このお話《はなし》の主人公《しゅじんこう》。ポジションはキャッチャーで、二年生《にねんせい》になってキャプテンになった。

覇堂高校《はどうこうこう》

木場《きば》 嵐士《あらし》

「爆速《ばくそく》ストレート」と呼《よ》ばれる豪速球《ごうそっきゅう》をくり出《だ》す、覇堂高校《はどうこうこう》キャプテン。

宇渡《うど》 幹久《みきひさ》

パワフル高校《こうこう》

体《からだ》が大《おお》きくて力持《ちからも》ちだが気《き》が小《ちい》さく、すぐに悪《わる》い方向《ほうほう》に考《かんが》えるクセがある。

矢部《やべ》 明雄《あきお》

パワフル高校《こうこう》

足《あし》の速《はや》さに自信《じしん》がある。語尾《ごび》に「やんす」とつけて話《はな》す。

才賀《さいが》 侑人《ゆうと》

瞬鋭高校《しゅんえいこうこう》

超高校生級《ちょうこうこうせいきゅう》スラッガー。中学時代《ちゅうがくじだい》、木場《きば》と同《おな》じチームに所属《しょぞく》していた。

小田切《おだぎり》 巧《たくみ》

パワフル高校《こうこう》

銀河《ぎんが》の一年後輩《ねんこうはい》。ポジションはショートで、モノマネが得意《とくい》。

パワフル高校《こうこう》

大杉監督《おおすぎかんとく》

優《やさ》しくて頼《たよ》りがいのある、勉強熱心《べんきょうねっしん》な監督《かんとく》。

パワフル高校《こうこう》

京野《きょうの》 小筆《こふで》

頼《たよ》れるマネージャー。細《こま》かなことまでノートにメモしている。

もくじ

プロローグ

河川敷《かせんしき》に広《ひろ》がる運動公園《うんどうこうえん》。

土手《どて》を走《はし》るランニングコースから見下《みお》ろせば、六面《めん》あるテニスコートと人工芝《じんこうしば》のフットサル場《じょう》の奥《おく》に、土《つち》のグラウンドがあった。

そこでは野球好《やきゅうず》きな少年《しょうねん》たち少女《しょうじょ》たちが、声《こえ》を交《か》わしながら遊《あそ》んでいる。

今《いま》も小学生《しょうがくせい》らしき少年《しょうねん》がふたり、たがいに言葉《ことば》を交《か》わしながら河川敷《かせんしき》のグラウンドへと下《お》りていった。

「今日《きょう》はオレたちふたりだけかぁ」

「しかたないよ。校庭《こうてい》が使《つか》えないんだから」

小学生《しょうがくせい》にしては肩幅《かたはば》の広《ひろ》いほうの少年《しょうねん》の名《な》は夏野銀河《なつのぎんが》。

華奢《きゃしゃ》な体《からだ》つきの少年《しょうねん》は星井《ほしい》スバルといった。

「じゃあ、スバル、肩《かた》ならしからな！」

「オーケー！」

軽《かる》く体《からだ》をほぐすと、ふたりはキャッチボールを始《はじ》めた。

河川敷《かせんしき》のグラウンドでは、本格的《ほんかくてき》な試合《しあい》をする、というよりは、彼《かれ》らのようにただキャッチボールやノックをするだけの者《もの》たちのほうが多《おお》かった。

歓声《かんせい》が、高《たか》い青《あお》い空《そら》へと抜《ぬ》けてゆく。

休日《きゅうじつ》の運動公園《うんどうこうえん》の賑《にぎ》わいは終日《しゅうじつ》尽きることなく……。

そうして、どこまでも青《あお》かった空《そら》が、薄《うす》い墨《すみ》を流《なが》したかのように色褪《いろあ》せ、西《にし》の空《そら》にある雲《くも》があかねの色《いろ》に染《そ》まるころになって、ようやく、ひとり、またひとりと人《ひと》の数《かず》が減《へ》っていくのだった。

だがそんなころになっても、銀河《ぎんが》とスバルのふたりだけは残《のこ》っていた。

周《まわ》りの風景《ふうけい》がおぼろにかすんで、土《つち》の色《いろ》をまぶした白球《はっきゅう》を目《め》で追《お》うのが辛《つら》くなり、そこまでの時刻《じこく》になってようやく、銀河《ぎんが》はスバルに声《こえ》をかける。

「次《つぎ》で最後《さいご》にしよう、スバル！」

「分《わ》かった」

ボールを投《な》げると、スバルはけっこう強《つよ》めの球《たま》を投《な》げ返《かえ》してきて、銀河《ぎんが》のグラブが軽《かろ》やかな音《おと》を立《た》てた。相変《あいか》わらず良《よ》いボールを投《な》げるやつだと思《おも》う。

「じゃあ、あがろうぜ」

「ちょっと待《ま》って。もう一球《きゅう》、付《つ》き合《あ》ってくれない？」

スバルはそう言《い》って、ボールを寄《よ》こせとうながした。

受《う》け取《と》ったボールをにぎると、スバルは左手《ひだりて》にはめていたグラブを下《した》に振《ふ》って、銀河《ぎんが》に座《すわ》るように合図《あいず》してくる。

「……？」

「行《い》くよ！」

大《おお》きく両腕《りょううで》を振《ふ》りかぶる。ワインドアップモーション！

「って、おい、いきなりかよ！」

銀河《ぎんが》はあわててしゃがみ込《こ》む。

幼稚園《ようちえん》で知《し》り合《あ》ってからずっと受《う》けてきたスバルの球《たま》だ。

慣《な》れていた。とはいえ、いきなりすぎる！

スバルはグラブと白球《はっきゅう》を持《も》つ手《て》を胸《むな》もとへと引《ひ》きよせ、上《あ》げた左脚《ひだりあし》も胸《むね》へと畳《たた》みこんだ。

細身《ほそみ》の体《からだ》が、丸《まる》まって小《ちい》さく見《み》えた。

次《つぎ》の瞬間《しゅんかん》。

大地《だいち》へふみこむ勢《いきお》いを乗《の》せて、銀河《ぎんが》のほうへと解《と》き放《はな》ったのだ。

——今日《きょう》はふつうのグラブだっての！

左手《ひだりて》にはめているのはキャッチャー用《よう》のミットではないのだ。

——それなのに、全力《ぜんりょく》のピッチングを受《う》けろってか！

スバルは豪速球《ごうそっきゅう》を投《な》げるタイプではない。どちらかと言《い》えばコントロール重視《じゅうし》の投手《とうしゅ》だった。

それでも球速《きゅうそく》はそれなりにあり、夕暮《ゆうぐ》れのなかでは捕《と》りにくい。

——ちくしょう！　けど、これくらいのストレートなら受《う》けてみせる！

そう考《かんが》えた銀河《ぎんが》の予想《よそう》を超《こ》え、おどろいたことにボールはすっと沈《しず》んだのだ。

——なっ、変化球《へんかきゅう》だとぉ!?

頭《あたま》のなかで悪態《あくたい》をつきながら、それでも銀河《ぎんが》はボールに反応《はんのう》してみせた。かまえたグラブでは捕《と》りそこねたが、息《いき》を止《と》めて硬《かた》くした体《からだ》に当《あ》てて足下《あしもと》へと落《お》とす。

硬球《こうきゅう》だからめちゃくちゃ痛《いた》い。

もちろんプロテクターなんて着《つ》けていなかった。

「銀河《ぎんが》！　だいじょうぶ!?」

声《こえ》とともにスバルがかけよってくる。

「な、なんて落《お》ちるボールなんだ……すげえ！」

かけよってきたスバルの右手《みぎて》をつかみ、まじまじと見《み》つめた。

「腕《うで》は!?　手首《てくび》はだいじょうぶか!?　って、なんで変化球《へんかきゅう》なんて投《な》げるんだよ！」

いわゆる野球肩《やきゅうかた》や野球《やきゅう》ひじになるからという理由《りゆう》で、小学生《しょうがくせい》が腕《うで》やひじに負担《ふたん》をかける変化球《へんかきゅう》を投《な》げることは禁止《きんし》されている。

「だいじょうぶだよ、銀河《ぎんが》。手首《てくび》をひねるような投《な》げ方《かた》はしてなかったでしょ」

言《い》われて、スバルの投球《とうきゅう》モーションを銀河《ぎんが》は頭《あたま》のなかで再生《さいせい》してみたけれども、たしかにふつうのフォームだった。

「もしかして……、フォークボール、か？」

スバルがうなずいた。

「ほら、前《まえ》に試合《しあい》で偶然投《ぐうぜんな》げたあのボール。ヘンな風《ふう》に曲《ま》がったやつ。あれをもう一度《いちど》投《な》げてみたかったんだ。色々試《いろいろため》してみたけど、この投《な》げ方《かた》がいちばん近《ちか》くできた」

「試《ため》して……」

「ああ、もちろん無茶《むちゃ》な練習《れんしゅう》とかしてないって。安心《あんしん》してよ」

そう言《い》ってスバルは心配性《しんぱいしょう》な銀河《ぎんが》に小《ちい》さく笑顔《えがお》を見《み》せた。

「でもさ」

「最後《さいご》にキミに見《み》せたかったんだ。これで最後《さいご》。もう投《な》げないでおくよ。ボクだって肩《かた》や
ひじを壊《こわ》したくないからね」

やけに最後《さいご》を強調《きょうちょう》するんだなと思《おも》ったら。

「銀河《ぎんが》……ボク、転校《てんこう》するんだ」

「えっ!?」

声《こえ》がふるえてしまった。だって、そんなことぜんぜん聞《き》いていない。

「転校《てんこう》……そんな」

目《め》の前《まえ》が真《ま》っ暗《くら》になる。もうスバルに会《あ》えなくなるって言《い》うのか!?

だから、そこからのスバルの言葉《ことば》は、聞《き》こえてはいたが頭《あたま》に入《はい》ってこなかった。

親《おや》の転勤《てんきん》で……同《おな》じ地区内《ちくない》だけれどもほぼ反対側《はんたいがわ》の都会《とかい》の街《まち》へ……だからキミとこうし
てキャッチボールをできるのも今日《きょう》が最後《さいご》で……。

たがいに無二《むに》の親友《しんゆう》だと思《おも》っていたが。

おたがい、まだ小学生《しょうがくせい》だった。

「銀河《ぎんが》」

スバルに強《つよ》く声《こえ》をかけられた。はっとなって銀河《ぎんが》は顔《かお》をあげる。

「ボクは野球《やきゅう》をやめないよ」

「スバル……」

「昔《むかし》、ちかったとおり、甲子園《こうしえん》をめざそう！　高校《こうこう》ではライバルかもしれないけど、そのときは地区大会《ちくたいかい》の決勝《けっしょう》で会《あ》おう！」

「甲子園《こうしえん》……」

あかね色《いろ》に染《そ》まった空《そら》の雲《くも》が蒼《あお》い色《いろ》を帯《お》びてきている。

甲子園《こうしえん》のある位置《いち》などたしかめたこともなかったけれど、離《はな》れ離《ばな》れになっても、これからふたりでその場所《ばしょ》をめざすのだ。

夏野銀河《なつのぎんが》の胸《むね》に強《つよ》く輝《かがや》くひとつの明《あ》かりが灯《とも》る。

闇《やみ》のなかを進《すす》む船《ふね》をみちびく灯台《とうだい》の明《あ》かりのように、その光《ひかり》は彼《かれ》の視線《しせん》を未来《みらい》へと誘《さそ》ったのだ。

「そう……だな。スバル。野球《やきゅう》をやめちまうわけじゃないもんな、おたがいにさ」

「もちろんだよ」

「分《わ》かった」

スバルの手《て》をつかむと、強《つよ》くにぎりしめる。

「甲子園《こうしえん》をめざそう。そして、ふたりとも、いつかプロ野球選手《やきゅうせんしゅ》になるんだ！」

ふたりして将来《しょうらい》の想《おも》いを語《かた》り合《あ》いながら夜《よる》の道《みち》を歩《ある》いて帰《かえ》った。

いつの間《ま》にか黒《くろ》いびろうどのようになった空《そら》に、明《あか》るい星々《ほしぼし》が輝《かがや》き始《はじ》め。

ふたりの頭上《ずじょう》にまばゆい天《あま》の川《がわ》が広《ひろ》がっていた。

それから五年《ねん》の月日《つきひ》が流《なが》れ。銀河《ぎんが》は地元《じもと》の「パワフル高校《こうこう》」へと入学《にゅうがく》した。

セクション1・スバルとの再会《さいかい》

1

一塁後方《るいこうほう》にあがったファウルボールを前進《ぜんしん》したライトが捕球《ほきゅう》して銀河《ぎんが》の夏《なつ》は終《お》わった。

「二回戦止《かいせんど》まり、か……」

ネクスト・バッタースボックスで夏野銀河《なつのぎんが》はそうつぶやくと、静《しず》かにバットを返《かえ》して整《せい》列《れつ》した。

二年生《ねんせい》ながら、捕手《ほしゅ》としてスタメンで夏《なつ》の地区大会《ちくたいかい》に出《で》ることはできたが、結果《けっか》にはとうてい納得《なっとく》できていない。

――こんなんじゃ、甲子園《こうしえん》は遠《とお》いよ。

向《む》かい合《あ》うベンチでは、相手高校《あいてこうこう》の選手《せんしゅ》たちが歓声《かんせい》をあげながら、たがいに肩《かた》を叩《たた》いて喜《よろこ》び合《あ》っていた。それを見《み》ながら、銀河《ぎんが》は歯《は》を食《く》いしばる。

悔《くや》しい。けど、負《ま》けは負《ま》けだ。

どこかに彼《かれ》らよりも足《た》りないところがあったから負《ま》けたのだろう。それはもしかしたら、キャッチャーである自分《じぶん》のリードかもしれない。

受《う》けた一投《とう》一球《きゅう》を思《おも》い返《かえ》す。銀河《ぎんが》は自分《じぶん》がどこでヘマをしたのだろうかと考《かんが》え始《はじ》めた。

三回表《かいおもて》の、あの強打者《きょうだしゃ》である四番《ばん》への配球《はいきゅう》だろうか。打《う》ち気《き》を見《み》せる打者《だしゃ》に、外角低《がいかくひく》めへのボールになるスライダー。

その球《たま》が甘《あま》くなり、やや内側《うちがわ》に入《はい》ったところを痛打《つうだ》された。あそこで1点《てん》を失《うしな》ったのだ。

もう少《すこ》し制球力《せいきゅうりょく》のあるピッチャーがいれば……。

もしくは終盤《しゅうばん》の……。

「銀河《ぎんが》っ」

はっとなって声《こえ》に振《ふ》り返《かえ》れば、先輩《せんぱい》でありキャプテンである吉野《よしの》だった。

「先輩《せんぱい》……」

「悔《くや》しいか」

「……はい」

そう答《こた》えると、先輩《せんぱい》はなぜか少《すこ》しうれしそうにほほえんだ。先輩《せんぱい》だって悔《くや》しいはずなのに……。それから思《おも》ってもいなかった言葉《ことば》を銀河《ぎんが》に告《つ》げる。

「銀河《ぎんが》、俺《おれ》たちはこれで引退《いんたい》だ。次《つぎ》のキャプテンはおまえになる！」

「……えっ？　オレですか」

「ずっと俺《おれ》なりに考《かんが》えていたんだ。おまえなら、部《ぶ》に足《た》りないものを埋《う》めてくれる」

わずかに浮《う》かんでいた笑《え》みが消《き》え、真剣《しんけん》なまなざしで銀河《ぎんが》を見《み》つめてくる。

「おまえなら、やれる。やって、くれる。こいつは三年生全員《ねんせいぜんいん》の意見《いけん》なんだ。チームをまとめる力《ちから》も、冷静《れいせい》に分析《ぶんせき》し、それを相手《あいて》にぶつける能力《のうりょく》もある」

「オ、オレはそんなに……」

すごくないですよ、と反論《はんろん》したかったけれど。

「だいじょうぶだ。おまえなら、やれる」

「……分《わ》かりました」

銀河《ぎんが》はうなずいた。

キャプテンなんてできるかどうか、不安《ふあん》はあったけれど、でも、見《み》つめてくる先輩《せんぱい》の瞳《ひとみ》を見《み》ていたら、いやだなんて言《い》えるわけがなかった。

「この部《ぶ》を甲子園《こうしえん》に――」

「はい！」

空《そら》は青《あお》く、わきあがる雲《くも》は白《しろ》く、本格的《ほんかくてき》な夏《なつ》が訪《おとず》れることを予感《よかん》させた。

――来年《らいねん》はこんなところで終《お》わらない。オレたちの夏《なつ》は、あの空《そら》の色《いろ》が変《か》わるまで続《つづ》くんだ。

銀河《ぎんが》は空《そら》を見上《みあ》げてちかう。

涙《なみだ》をこぼすなんていやだった。涙《なみだ》を見《み》せるなら勝《か》ったときだ。

もう銀河《ぎんが》の頭《あたま》は次《つぎ》の夏《なつ》に向《む》けて考《かんが》え始《はじ》めていた。

甲子園《こうしえん》に行《い》くんだ。なんとしても。

幼《おさな》いころにした約束《やくそく》が頭《あたま》をよぎる。

来年《らいねん》は銀河《ぎんが》も三年《ねん》。この大会《たいかい》では会《あ》えなかったし、噂《うわさ》も聞《き》こえてこなかったが、スバルもきっと野球《やきゅう》を続《つづ》けていると信《しん》じていた。

——絶対《ぜったい》、来年《らいねん》にはあいつも出《で》てくるはずだ。

甲子園《こうしえん》のグラウンドに来年《らいねん》こそは立《た》ってみせる。

2.

九月《がつ》になり、新学期《しんがっき》になった。

教室《きょうしつ》では、朝《あさ》のＳＨＲ《ショートホームルーム》が始《はじ》まってしまっている。

朝練《あされん》からの着替《きが》えに手間取《てまど》ってしまった銀河《ぎんが》は、どうやってなかに入《はい》ろうかとろうかで作戦《さくせん》を練《ね》っていた。

まずは状況《じょうきょう》の確認《かくにん》から、かな。

そう考《かんが》えた銀河《ぎんが》は教室《きょうしつ》の後《うし》ろの扉《とびら》を細《ほそ》く開《あ》けてみる。

担任教師《たんにんきょうし》である野本《のもと》（独身《どくしん》・二十八歳《さい》）の声《こえ》が聞《き》こえてきた。

「やっぱり、始《はじ》まってるよなぁ……」

つぶやくと、そのまま扉《とびら》を少《すこ》しだけ広《ひろ》げる。体《からだ》をねじ込《こ》める幅《はば》を確保《かくほ》すると、はいつくばった姿勢《しせい》のまま教室《きょうしつ》へと潜《もぐ》りこんだ。

銀河《ぎんが》の席《せき》は窓際《まどぎわ》のいちばん後《うし》ろだ。はったまま行《い》けない場所《ばしょ》ではない。教室後方《きょうしつこうほう》のクラスメイトたちはさすがに銀河《ぎんが》の侵入《しんにゅう》に気《き》づいていたが、見《み》て見《み》ぬふりをしてくれている。このまま席《せき》まで行《い》ければ……。

半分《はんぶん》ほどまで進《すす》んだときだ。

それまで担任《たんにん》の言葉《ことば》など聞《き》き流《なが》していた銀河《ぎんが》の耳《みみ》に、覚《おぼ》えのある声《こえ》が聞《き》こえてきた。

「星井《ほしい》スバルです。中途半端《ちゅうとはんぱ》な二学期《がっき》からの転入《てんにゅう》ですが、よろしくお願《ねが》いします」

銀河《ぎんが》は思《おも》わず立《た》ち上《あ》がってしまった。

黒板《こくばん》の前《まえ》。先生《せんせい》の隣《となり》に立《た》っていたのは……。

「スバルっ!?」

かけよった。

口《くち》を丸《まる》く開《あ》けてその少年《しょうねん》も銀河《ぎんが》を見《み》つめている。

「銀河《ぎんが》？」

「ほ、ほんとに、あのスバルか!?」

「……久《ひさ》しぶりだね」

「ほんとに、ほんとかー？」

信《しん》じられなくて、銀河《ぎんが》はぺたぺた体《からだ》を触《さわ》ったり、ぐるぐる周囲《しゅうい》を回《まわ》って観察《かんさつ》してみる。

「背《せ》え、高《たか》くなったなー」

「おたがいにね」

「でも、相変《あいか》わらず、ほっそいなー」

「そんなことはないよ」

そこで銀河《ぎんが》ははっとなって思《おも》わずスバルの手《て》を取《と》ってしまった。

たしかめるのは右手《みぎて》の指《ゆび》だ。細《ほそ》く長《なが》いスバルの指《ゆび》は、ごつごつと太《ふと》い銀河《ぎんが》の指《ゆび》とは大違《おおちが》いだが、それでも指《ゆび》はボールをにぎり続《つづ》ける投手《とうしゅ》にできる特有《とくゆう》のタコができていた。

銀河《ぎんが》はほっとしてしまう。

「そうか……ちゃんと続《つづ》けて……」

「あー、おほん！」

せき払《ばら》いに銀河《ぎんが》はぎくりと身《み》をすくめた。

おそるおそる振《ふ》り返《かえ》る。

「そろそろ授業《じゅぎょう》を始《はじ》めていいかい？」

にこりとほほえむが、眼鏡《めがね》の奥《おく》の目《め》がまったく笑《わら》っていない。

「あ、あの……先生《せんせい》、これは……」

「昔《むかし》の知《し》り合《あ》いだったのかな？」

「は、はい！　オレとスバルは小学校《しょうがっこう》からの親友《しんゆう》で——」

「そうか。親友《しんゆう》と再会《さいかい》できたことは実《じつ》に喜《よろこ》ばしい。が——とりあえず、もうSHR《ショートホームルーム》の時《じ》間《かん》は終《お》わっていてね。このままでは授業時間《じゅぎょうじかん》が減《へ》ってしまう」

「ご、ごめんなさい！」

「そして今日《きょう》の授業《じゅぎょう》はテストに出《で》るのだが……」

「ごめんなさい、ごめんなさい、ごめんなさい！」

平謝《ひらあやま》りだ。クラスメイトたちからはブーイングされてしまう。

だが、野本先生《のもとせんせい》はそれはそれはさわやかな顔《かお》で宣言《せんげん》したのだった。

「反省《はんせい》してくれれば実《じつ》に喜《よろこ》ばしい。では、これより本日《ほんじつ》の授業《じゅぎょう》を加速《かそく》する！」

教室中《きょうしつじゅう》に悲鳴《ひめい》があがる。

「みんな、全力《ぜんりょく》で付《つ》いてきたまえ！」

授業《じゅぎょう》が終《お》わったときには銀河《ぎんが》はぐったりと机《つくえ》に突《つ》っ伏《ぷ》していた。それから顔《かお》をあげてスバルのほうを見《み》る。

「あいつ……野球《やきゅう》を続《つづ》けてたんだな……」

3.

時計《とけい》の針《はり》が進《すす》むのをこれほど遅《おそ》く感《かん》じたことはない。

銀河《ぎんが》は、すぐにでもスバルと話《はなし》をしたかったのだけれど、なかなかその機会《きかい》もなく、もう六時間目《じかんめ》だ。めずらしい時期《じき》にやってきた転校生《てんこうせい》の周《まわ》りにはいつも誰《だれ》かクラスメイトたちがいたのである。だがそれもあと五分《ふん》。

終業《しゅうぎょう》の鐘《かね》が鳴《な》る。

長《なが》い黒髪《くろかみ》をひるがえして一番前《いちばんまえ》の席《せき》に座《すわ》っている委員長《いいんちょう》が立《た》った。

「きりーつ！」

礼《れい》っ！　の声《こえ》を聞《き》き終《お》わる前《まえ》に銀河《ぎんが》は部活《ぶかつ》の道具一式《どうぐいっしき》を抱《かか》える。

顔《かお》をあげた。

「あれ？　スバルは？」

「帰《かえ》ったわよ」

掃除用具《そうじようぐ》を抱《かか》えた委員長《いいんちょう》が言《い》った。

「えっ！」

あわててろうかに飛《と》び出《だ》して左右《さゆう》を見《み》たが影《かげ》も形《かたち》もない。

「早《はや》っ！」

「夏野《なつの》くんが遅《おそ》いんだと思《おも》うけど」

息《いき》を切《き》らし、委員長《いいんちょう》がホウキを持《も》って追《お》いかけてきた。

「いやオレだって、掃除《そうじ》に巻《ま》き込《こ》まれないようにと全力《ぜんりょく》だったぞ！　あいつ……やっぱり、ちゃんときたえてたんだな！」

「そこ!?」

「いやだって……って、なんで、委員長《いいんちょう》、ホウキなんて持《も》って飛《と》び出《だ》してきてんだ？」

スバルに用《よう》があるのは銀河《ぎんが》であって、彼女《かのじょ》には追《お》いかける理由《りゆう》はないはずだ。

「なに言《い》ってんのよ！」

「え……あれ、怒《おこ》ってる？」

「ええ、ええ。たっぷりとね。誰《だれ》かさんが掃除《そうじ》をサボろうとするから！」

「……あ」

「今日《きょう》の掃除当番《そうじとうばん》はあんたたちの班《はん》でしょうが！」

「あー」

「逃《に》がさないからね？」

「オレ、部活《ぶかつ》の練習《れんしゅう》が……」

「みんなでやれば十分《ぷん》で終《お》わります！」

それでも、十分《ぷん》の掃除《そうじ》を七分半《ふんはん》で終《お》わらせて、銀河《ぎんが》は校庭《こうてい》へと飛《と》び出《だ》したのだった。

4.

パワフル高校《こうこう》は校舎《こうしゃ》の裏手《うらて》に広《ひろ》いグラウンドを持《も》っている。

ただし野球部《やきゅうぶ》のためだけではないし、テニス部《ぶ》やバレー部《ぶ》のためのコートもあった。

放課後《ほうかご》になると、各部員《かくぶいん》たちが集《あつ》まってきて練習《れんしゅう》を始《はじ》める。

九月《がつ》になって三年生《ねんせい》が引退《いんたい》した。一年《ねん》と二年《ねん》だけになっているから、夏《なつ》までのにぎやかさが減《へ》って、交《か》わすかけ声《ごえ》も少《すこ》しだけ元気《げんき》がない。

無事《ぶじ》に掃除《そうじ》を終《お》えて銀河《ぎんが》が着《つ》いたとき、野球部《やきゅうぶ》の仲間《なかま》たちはアップのランニングを終《お》えたところだった。

ふたりの部員《ぶいん》がスパイクのヒモを直《なお》しながらベンチの前《まえ》で話《はなし》をしている。

「でも、このままだと来年《らいねん》の夏《なつ》だってせいぜい三回戦止《かいせんど》まりでやんす」

「そうだな……」

「おーい、なにをサボってるんだ！」

銀河《ぎんが》は話《はな》している矢部明雄《やべあきお》と宇渡幹久《うどみきひさ》に声《こえ》をかけた。

「サボってるんじゃないでやんす」

「うん……オレたちはべつにサボってない」

眼鏡《めがね》をかけていて変《か》わった語尾《ごび》でしゃべるほうが矢部《やべ》で、体《からだ》つきがやたらとデカイくせに気《き》が優《やさ》しい（というか、弱《よわ》い）ほうが宇渡《うど》だ。

「じゃあ、なにやってるんだよ」

「それより、夏野《なつの》くんこそ、遅《おそ》いでやんす」

矢部《やべ》の隣《となり》で宇渡《うど》もうなずいた。

「オ、オレは別《べつ》に……サボってたんじゃなくてだな。掃除《そうじ》だったんだよ！」

「オイラたちだってサボってないでやんす」

「さぼってない。さぼってなんかいない」

「これからの練習《れんしゅう》メニューの検討《けんとう》をしていたでやんす」

「練習《れんしゅう》メニュー？」

銀河《ぎんが》はふたりの答《こた》えを聞《き》いて首《くび》をかしげた。

それから、グラウンドに散《ち》っている他《ほか》の部員《ぶいん》たちを見《み》る。今《いま》はキャッチボールで肩《かた》ならしをしていた。

もうすぐ春《はる》のセンバツがかかった予選《よせん》が始《はじ》まる。

常連校《じょうれんこう》ならもう新《あたら》しいチームの仕上《しあ》げに取《と》りかかっている時期《じき》だ。だが、パワフル高校《こうこう》の今《いま》の実力《じつりょく》ではセンバツには最初《さいしょ》から間《ま》に合《あ》わないことは分《わ》かっている。

だから、来年《らいねん》の夏《なつ》をめざして長期的《ちょうきてき》な練習《れんしゅう》メニューを考《かんが》えることも間違《まちが》ってはいない。

「で……なにか特別《とくべつ》な練習方法《れんしゅうほうほう》でも思《おも》いついたっていうのか？」

「そ、それは……」

「思《おも》いついてはいないけど……」

「なーんだ」

「でもでも、このままじゃ、あいつには勝《か》てないでやんすよ。オイラたち、甲子園《こうしえん》をめざすんでやんすよね？」

「おう！」

もちろん、と銀河《ぎんが》は首《くび》をたてに振《ふ》った。そして矢部《やべ》と宇渡《うど》の言《い》いたいことも理解《りかい》した。

あいつ、というのが誰《だれ》かは決《き》まっている。

覇堂高校《はどうこうこう》の木場嵐士《きばあらし》だ。

甲子園《こうしえん》に出場《しゅつじょう》するためには、予選《よせん》である地区大会《ちくたいかい》を勝《か》ち抜《ぬ》かねばならない。地区内《ちくない》にはライバルとなる強豪校《きょうごうこう》が瞬鋭高校《しゅんえいこうこう》をはじめ、いくつかあるが、そのなかでも、現在《げんざい》トップと思《おも》われるのが覇堂高校野球部《はどうこうこうやきゅうぶ》だった。

木場嵐士《きばあらし》はその野球部《やきゅうぶ》の二年《ねん》。レギュラーで、そして、銀河《ぎんが》のように秋《あき》からキャプテンになった。

ポジションはピッチャーで、ものすごく速《はや》い球《たま》を投《な》げる。しかも打者《だしゃ》の手前《てまえ》でホップする。あまりに球速《きゅうそく》が落《お》ちないために、そう見《み》えるのだ。

木場《きば》の投《な》げる豪速球《ごうそっきゅう》は「爆速《ばくそく》ストレート」などと呼《よ》ばれていて、この夏《なつ》の地区大会《ちくたいかい》でも三振《さんしん》の山《やま》をきずいた。

あの球《たま》を打《う》たなければ覇堂高校《はどうこうこう》に勝《か》てる見込《みこ》みはない。ゼロだ。そして覇堂高校《はどうこうこう》に勝《か》たなければ甲子園《こうしえん》には行《い》けないのだった。

だが……今《いま》のままの自分《じぶん》たちの練習《れんしゅう》で「爆速《ばくそく》ストレート」を打《う》てるのか？

銀河《ぎんが》はたがいの力《ちから》を冷静《れいせい》に分析《ぶんせき》してみる。

「たしかに……今《いま》のままじゃ、オレたちにあいつの球《たま》は打《う》てない」

「で、やんす」

「で、でも、簡単《かんたん》に言《い》うけど、練習《れんしゅう》メニューをどう変《か》えるんだ？」

銀河《ぎんが》が問《と》うと、ふたりとも黙《だま》ってしまった。具体的《ぐたいてき》な考《かんが》えがあるわけではないらしい。

危機感《ききかん》だけはあるってことか。銀河《ぎんが》はそう理解《りかい》した。

——でも、練習《れんしゅう》って言《い》ってもなあ。

パワフル高校野球部《こうこうやきゅうぶ》の練習《れんしゅう》に取《と》り立《た》てて変《か》わったところはない。

基礎練習《きそれんしゅう》である筋《きん》トレはもちろんやっている。

そして、野球《やきゅう》の基本《きほん》である「走《そう》」「攻《こう》」「守《しゅ》」の強化《きょうか》。

肩《かた》の力《ちから》をきたえるために、距離《きょり》を遠《とお》くしたキャッチボールなんてのもあるが、これだって、他校《たこう》でも同《おな》じようにやっていることだろう。

「こら！　なにをサボってる！」

「ひゃ！　か、監督《かんとく》!?　って、おい、小田切《おだぎり》！」

振《ふ》り返《かえ》った銀河《ぎんが》の目《め》の前《まえ》にいたのは後輩部員《こうはいぶいん》の小田切巧《おだぎりたくみ》だった。ということは……。

「おまえ、ほんとムダにモノマネだけは上手《うま》いな……」

「ムダとか言《い》わないでほしいっす」

「いやだって、大杉監督《おおすぎかんとく》はそんなふうに怒《おこ》らないだろ？」

銀河《ぎんが》の指摘《してき》にむっと小田切《おだぎり》が口《くち》をとがらせる。

「じゃ、もっと似《に》せてみるっす。……あーあー、こほん。あ、夏野《なつの》くん、キミね、そんな練習《れんしゅう》では木場《きば》くんの球《たま》を打《う》てるようにはなれませんよ？」

先《さき》ほどとは打《う》って変《か》わっておだやかな口調《くちょう》で小田切《おだぎり》が言《い》った。

たしかに、今度《こんど》のほうがより監督《かんとく》に似《に》ている。さらに話《はな》す内容《ないよう》も監督《かんとく》っぽい……気《き》がした。だからつい真面目《まじめ》にたずねてしまう。

「じゃあ、どんな練習《れんしゅう》をすればいいんだ？」

「分《わ》かってたらやってるっす！」

小田切《おだぎり》はモノマネをやめて自分《じぶん》の口調《くちょう》に戻《もど》して言《い》った。

「あー……」

銀河《ぎんが》は納得《なっとく》してしまった。たしかにその通《とお》りだ。

「おやおや、夏野《なつの》くん、どうしましたか？」

「だからそのムダに上手《うま》いモノマネをやめろ……って、監督《かんとく》！」

四角《しかく》い眼鏡《めがね》をかけ、髪《かみ》を八二に分《わ》けた中年《ちゅうねん》の男性《だんせい》がいつの間《ま》にかそばに立《た》っていた。

本物《ほんもの》の大杉監督《おおすぎかんとく》だった。

「みんな、もう練習《れんしゅう》を始《はじ》めていますよ？」

「へ？」

見《み》ると、とっくに矢部《やべ》も宇渡《うど》も小田切《おだぎり》も、銀河《ぎんが》をおいてグラウンドに散《ち》っている。

「あ、あいつら！」

「なにか、悩《なや》んでいたようですが？」

いつもと変《か》わらないニコニコとした笑《え》みを浮《う》かべたまま大杉監督《おおすぎかんとく》が言《い》った。

「監督《かんとく》……ええと、実《じつ》は」

考《かんが》えていたことを話《はな》すと、大杉監督《おおすぎかんとく》はなるほどと大《おお》きくうなずいた。

「キミが悩《なや》んでいることは分《わ》かりました。みなさんが本気《ほんき》で甲子園《こうしえん》をめざすと言《い》うなら、少《すこ》し我《わ》がチームの練習《れんしゅう》を見直《みなお》してみることにしましょう。それはそれとして、キミはキャプテンなのですから、先頭《せんとう》に立《た》って練習《れんしゅう》せねば」

あくまで怒《おこ》るでもなくうながしてくる。

そう、だからこそやる気《き》もでるのだ。

銀河《ぎんが》は大《おお》きな声《こえ》で返事《へんじ》をする。それから仲間《なかま》たちの待《ま》つグラウンドに飛《と》び出《だ》していった。

とにかく、練習《れんしゅう》だ！

地区《ちく》で一番《ばん》にならなければ甲子園《こうしえん》には行《い》けないのだから。

――でも、今《いま》のままじゃ、ダメなんだよな……。

頭《あたま》の片隅《かたすみ》では、小田切《おだぎり》の言《い》った言葉《ことば》がぐるぐると回《まわ》っていた。

――覇堂高校《はどうこうこう》の木場嵐士《きばあらし》、か……。

5.

翌日《よくじつ》、放課後《ほうかご》。

今日《きょう》はなんとか一番乗《いちばんの》りを果《は》たしたぞ、とグラウンドに走《はし》ってたどりついた銀河《ぎんが》が肩《かた》で息《いき》をしていると、いつもより早《はや》めにやってきた大杉監督《おおすぎかんとく》が声《こえ》をかけてきた。

「夏野《なつの》くん、少《すこ》しいいですか？」

「はい！　なんですか」

「練習《れんしゅう》のメニューなのですが……」

さっそく大杉監督《おおすぎかんとく》が考《かんが》えてきてくれたようだった。

「練習《れんしゅう》をきつくすればよい、というものではありません。それではまだ高校生《こうこうせい》であるキミたちの体《からだ》に過度《かど》の負担《ふたん》がかかりますし、それはケガの元《もと》になります」

「はい……」

現代《げんだい》のスポーツはケガとの戦《たたか》いでもある。

疲労《ひろう》はケガに直結《ちょっけつ》しやすい。練習《れんしゅう》メニューをきつくする――いわゆる特訓《とっくん》のようなものをすれば強《つよ》くなる、と信《しん》じられた時代《じだい》は終《お》わった。

大杉監督《おおすぎかんとく》はパワフル高校《こうこう》にやとわれた監督《かんとく》であり、着任《ちゃくにん》してからの期間《きかん》は短《みじか》いものの、勉強熱心《べんきょうねっしん》なことで知《し》られていた。

「もう少《すこ》し、実戦《じっせん》を意識《いしき》した練習《れんしゅう》をしようかと――」

「実戦《じっせん》……を？」

大杉監督《おおすぎかんとく》は練習《れんしゅう》メニューの細《こま》かい内容《ないよう》を語《かた》りだした。

例《たと》えば――。

打撃練習《だげきれんしゅう》であれば、ただ投《な》げたボールを打《う》つのではなく、一球《きゅう》ごとに試合《しあい》のどんな場面《ばめん》なのかを想定《そうてい》してバットを振《ふ》る。

今《いま》は何回《なんかい》の表《おもて》なのか裏《うら》なのか。点差《てんさ》はどうなっているのか。ボールとアウトのカウントはいくつで、ランナーはいるのかいないのか。

相手《あいて》の投手《とうしゅ》はどのような状況《じょうきょう》で、味方《みかた》はどのような状況《じょうきょう》なのか。

シチュエーションは無限《むげん》にあり、そして実際《じっさい》の試合《しあい》では、そのつど変《か》わる状況《じょうきょう》に応《おう》じたバッティングが求《もと》められるのだ。

「これを打撃練習《だげきれんしゅう》だけではなく、あらゆる練習《れんしゅう》で行《おこな》います。守備《しゅび》の練習《れんしゅう》のときも、走塁《そうるい》の練習《れんしゅう》のときも、です」

「でも……練習《れんしゅう》なんですよね」

実戦《じっせん》ではないのだ。しょせんは練習《れんしゅう》である。

「夏野《なつの》くん、練習《れんしゅう》でできないことは実戦《じっせん》ではもっとできませんよ？」

監督《かんとく》に言《い》われ、銀河《ぎんが》ははっとした。

「すみません」

「いえ、よいのです。それに、もちろんこれだけで済《す》ませるつもりはありません。でも、とりあえずやってみませんか？」

いつものようにおだやかな口調《くちょう》で言《い》われ、銀河《ぎんが》はうなずいた。

さっそくその日《ひ》から大杉監督《おおすぎかんとく》のもと、新《あたら》しいメニューで練習《れんしゅう》を始《はじ》めたのだが……。

「こ、これ、めっちゃ疲《つか》れるでやんす！」

「きつい……」

練習《れんしゅう》そのものは変《か》わっていない。疲労《ひろう》は増《ふ》えない――はずだった。

だが、練習後《れんしゅうご》の部員《ぶいん》たちの様子《ようす》を見《み》れば、全員《ぜんいん》ぐったりと疲《つか》れ果《は》てている。

バットひと振《ふ》りごとに状況《じょうきょう》に応《おう》じて瞬時《しゅんじ》に判断《はんだん》を下《くだ》すためには、常《つね》に考《かんが》え続《つづ》ける必要《ひつよう》がある。実戦《じっせん》を意識《いしき》しながらの練習《れんしゅう》は、体《からだ》だけではなく、頭《あたま》が疲《つか》れるのだった。

――けど、なんだか前《まえ》より充実《じゅうじつ》してる気《き》がする！

ほんの少《すこ》しでも、できることはなんでもやるんだ！

銀河《ぎんが》は甲子園《こうしえん》をあきらめたくはなかった。監督《かんとく》だって、この練習《れんしゅう》だけで充分《じゅうぶん》だとは言《い》っていない。

まだまだ、もっと！　できることがあるはずだ。

最大《さいだい》のライバル校《こう》である覇堂高校《はどうこうこう》。あの学校《がっこう》に勝《か》てるほどの部《ぶ》になれば、きっと地区予《ちくよ》選《せん》を突破《とっぱ》できるはずだ！

銀河《ぎんが》の頭《あたま》のなかでは、新《あたら》しい練習《れんしゅう》メニューに続《つづ》く、さらなる強化手段《きょうかしゅだん》が次第《しだい》に形《かたち》を取《と》りつつあった。

6.

二学期《がっき》の最初《さいしょ》の一週間《しゅうかん》が過《す》ぎた。

いつものように朝練《あされん》を終《お》えて銀河《ぎんが》は教室《きょうしつ》に飛《と》び込《こ》む。

直後《ちょくご》に担任《たんにん》の野本先生《のもとせんせい》が入《はい》ってきた。

「ぎ、ぎりぎりだったか……」

脱力《だつりょく》しつつ机《つくえ》に突《つ》っ伏《ぷ》した。

それからゆっくりと顔《かお》をあげる。教室《きょうしつ》を見回《みまわ》した。

ろうか側《がわ》に視線《しせん》をやれば、スバルが相変《あいか》わらずたんたんと出席《しゅっせき》の点呼《てんこ》に応《おう》じるところだ。

「ぜったい、わざとだよな……」

スバルが転校《てんこう》してきてから銀河《ぎんが》は何度《なんど》も話《はな》しかけようとして、そのたびにうまく避《さ》けられていた。終業後《しゅうぎょうご》も、あっという間《ま》に帰《かえ》ってしまって捕《つか》まえられない。

「でも、それも今日《きょう》までだぜ……！」

銀河《ぎんが》はそうつぶやくと、幼《おさな》なじみを見《み》つめるのだった。

そして、その日《ひ》の昼休《ひるやす》み。

四時間目《じかんめ》の授業《じゅぎょう》が終《お》わる。

一番前《いちばんまえ》の席《せき》に座《すわ》る髪《かみ》の長《なが》い委員長《いいんちょう》が、鐘《かね》の音《おと》と同時《どうじ》に立《た》ち上《あ》がり、授業《じゅぎょう》の終《お》わりの号令《ごうれい》をかける。

ただ、そのときの号令《ごうれい》はちょっとばかりヘンだった。

「き〜〜〜〜〜り〜〜〜〜〜つぅうううう」

いつもはハキハキとした声《こえ》の委員長《いいんちょう》が妙《みょう》に間《ま》のびした言《い》い回《まわ》しでみんなを起立《きりつ》させた。

そして——。

自分《じぶん》の上体《じょうたい》をゆっくりと、ほんとうに少《すこ》しずつ教師《きょうし》に向《む》かって倒《たお》しながら言《い》った。

「れぇええい！　っと、はい、おーつーかーれーさーまー」

星井《ほしい》スバルは突然《とつぜん》の委員長《いいんちょう》の奇妙《きみょう》な振《ふ》る舞《ま》いにとまどったものの、さっとろうかに飛《と》び出《で》てしまうと、さっさと食堂《しょくどう》に向《む》かおうとした。

「よう！」

前《まえ》から声《こえ》をかけられ、顔《かお》をあげて、はっと目《め》を見開《みひら》く。

「えっ、銀河《ぎんが》……どうして？」

自分《じぶん》の席《せき》はろうか側《がわ》だし、追《お》いつかれないように素早《すばや》く教室《きょうしつ》を出《で》たはずだった。

実際《じっさい》、スバルは転校《てんこう》してから今《いま》まで、窓《まど》ぎわの席《せき》の彼《かれ》がかけつけてくる前《まえ》に逃《に》げることができていた。

にやり、と笑《え》みを浮《う》かべられる。

「スバルは真面目《まじめ》だからさ。どんなにじれったくても委員長《いいんちょう》の号令《ごうれい》が終《お》わるまではじっと待《ま》つだろうって思《おも》ったんだ」

「……キミは？」

「もちろん鐘《かね》が鳴《な》ると同時《どうじ》にもう飛《と》び出《だ》してた」

「……委員長《いいんちょう》さんに怒《おこ》られるよ」

「だいじょうぶ。だって、あの号令《ごうれい》はオレが頼《たの》んだんだから」

そこでさらにスバルはおどろいたのだ。

「キミが？」

「昼休《ひるやす》みなら、学校《がっこう》から外《そと》には出《で》られないだろ。話《はなし》をしたいんだ。委員長《いいんちょう》にもスバルと仲《なか》良《よ》くなりたいからって相談《そうだん》したら、こころよく協力《きょうりょく》してくれたぞ」

「はあ。今日《きょう》にかぎって委員長《いいんちょう》さんが変《へん》なかけ声《ごえ》をするなと思《おも》ったら……。この学校《がっこう》にはそんな遊《あそ》びでもあるのかと思《おも》ったよ」

「転校《てんこう》してきたばかりだからな。そこも判断《はんだん》を迷《まよ》うだろうな、と思《おも》った」

妙《みょう》におとなびた仕草《しぐさ》でスバルが肩《かた》をすくめる。

参《まい》った、と言《い》った。

「相変《あいか》わらず人《ひと》を動《うご》かすのがうまいね、銀河《ぎんが》は」

言《い》われて今度《こんど》は銀河《ぎんが》のほうがおどろく。

「オレが？」

スバルがうなずいた。

「いつの間《ま》にか、みんなキミの思《おも》うとおりに動《うご》かされている」

「オレはそんなふうに考《かんが》えたことなかったぞ」

「それもふくめてさ。……で、まんまと捕《つか》まったボクはどうしたらいいのかな？」

「話《はなし》をしたいんだ」

分《わ》かった、とスバルは言《い》った。

7

話《はなし》をしたいと言《い》った銀河《ぎんが》に、ちゃんと昼《ひる》ごはんを食《た》べてきなさいよ、と横《よこ》からお節介《せっかい》をやいたのは長《なが》い黒髪《くろかみ》で人気《にんき》の委員長殿《いいんちょうどの》だった。

そういうわけでふたりしてやってきたのが食堂《しょくどう》で、なぜならスバルはいつもお昼《ひる》どきになるとココに来《き》ていたからだった。

「いつも食堂《しょくどう》にいたのか」

「購買《こうばい》でおにぎりを買《か》って、中庭《なかにわ》で食《た》べていたこともあるけどね」

「弁当《べんとう》は？」

「そこまで手間《てま》をかけてもらうのはできないから。両親《りょうしん》からの仕送《しおく》りがあるからって断《ことわ》ってる。キミこそ、いつもは弁当《べんとう》だったよね？」

素早《すばや》く逃《に》げていたわりには、銀河《ぎんが》のことはよく見《み》ていたようだった。

「今日《きょう》は早弁《はやべん》した。食《た》べてるヒマはないかもしれなかったし」

三時間目《じかんめ》の終《お》わりには食《く》い終《お》わっていた。

おかげでもうお腹《なか》が空《す》いている。

「それより、……両親《りょうしん》から仕送《しおく》りって？」

二学期《がっき》からの季節外《きせつはず》れの転校《てんこう》といい、スバルはきっと自分《じぶん》にかくしていることがある。

少《すこ》しためらったようすを見《み》せたけれど、学食《がくしょく》のうどんをつついていたはしを置《お》き、スバルは話《はな》し始《はじ》める。

「ボクは今《いま》、こっちにいる親《しん》せきの家《いえ》で暮《く》らしてるんだ」

「えっ！」

「ああ、別《べつ》にキミが心配《しんぱい》するようなことはなにもなかったよ。ちょっと……理由《りゆう》があって、ボクだけこっちに戻《もど》ってきただけ。両親《りょうしん》は変《か》わらずにあっちで働《はたら》いてる」

あっち、というのは転校先《てんこうさき》ということだ。

たしか、地区《ちく》のほぼ反対側《はんたいがわ》だったはずだ。

銀河《ぎんが》たちから見《み》ればもっとにぎやかなほうで、そういえば覇堂高校《はどうこうこう》もそっちのほうにあったはずだった。学区《がっく》が近《ちか》ければ高校《こうこう》で再会《さいかい》する可能性《かのうせい》もあったけれど、それもあきらめるほどには遠《とお》かった。

——でも、そこまでしてどうしてスバルはこっちに戻《もど》ってきたんだ?

たずねたいところをぐっとこらえて、銀河《ぎんが》は話《はなし》を切《き》り出《だ》した。

「なあ、スバル。野球部《やきゅうぶ》に入《はい》ってくれないか」

「相変《あいか》わらず直球《ちょっきゅう》だね」

「回《まわ》りくどいのは苦手《にがて》なんだよ」

「使《つか》うのはからめ手《て》ばかりのくせに」

くすりと小《ちい》さく笑《わら》うスバルに、ぐっと銀河《ぎんが》は言葉《ことば》を詰《つ》まらせた。

「で、……どうなんだ?」

スバルは目《め》を伏《ふ》せた。相変《あいか》わらず長《なが》いまつ毛《げ》が目《め》もとに小《ちい》さな影《かげ》を落《お》としている。

「ボクは野球《やきゅう》をやめたんだ、銀河《ぎんが》」

「やめた……だって？」

「ああ」

「ウソだ！」

食堂中《しょくどうじゅう》に聞《き》こえるような声《こえ》で叫《さけ》んでしまった。おかげで周《まわ》りから大注目《だいちゅうもく》だ。

「だって、その指《ゆび》……」

「やめたんだ。もう、野球《やきゅう》はやらない」

「なんでだよ！　なんでやめたなんて言《い》うんだ」

「それはキミには関係《かんけい》ない。まあ……そういうわけで、ボクはキミの願《ねが》いにはこたえられない。わるいけど、他《ほか》をあたってくれないかな」

言《い》いながら、トレイを持《も》ってさっと立《た》ち上《あ》がる。

背中《せなか》を向《む》けた親友《しんゆう》に銀河《ぎんが》は言葉《ことば》をぶつけていた。

「逃《に》げるなよ、スバル！」

言葉《ことば》をかけた瞬間《しゅんかん》にびくりとスバルの背《せ》がすくむ。

振《ふ》り向《む》いた顔《かお》がくしゃりと泣《な》き出《だ》す寸前《すんぜん》のようにゆがむ。

「もうボクに構《かま》わないでくれ！」

聞《き》いたことがないほどはげしい声《こえ》で言《い》われて、銀河《ぎんが》はおどろく。ふたたび学食中《がくしょくじゅう》の注目《ちゅうもく》を浴《あ》びてしまった。

そのままトレイを返《かえ》すと、スバルは食堂《しょくどう》から出《で》て行《い》ってしまう。

「夏野《なつの》くん」

声《こえ》に振《ふ》り返《かえ》ると、まんまるな眼鏡《めがね》をかけた気弱《きよわ》そうな女《おんな》の子《こ》が立《た》っていた。

「小筆《こふで》ちゃん……」

野球部《やきゅうぶ》のマネージャーの京野小筆《きょうのこふで》だった。

「あのひとが、星井《ほしい》スバルくん、ですか……」

「ああ。ごめん。キミにも協力《きょうりょく》してもらったのに」

銀河《ぎんが》のクラスの委員長《いいんちょう》が、なぜ関係《かんけい》もない野球部《やきゅうぶ》の世話《せわ》を焼《や》いてくれるのかと言《い》えば、委員長《いいんちょう》が銀河《ぎんが》たち野球部《やきゅうぶ》のマネージャーである京野小筆《きょうのこふで》の友人《ゆうじん》だからだ。

委員長《いいんちょう》に頼《たの》むとき、間《あいだ》に入《はい》ってもらったのが小筆《こふで》だった。はずかしがり屋《や》のマネージャーからすればけっこう勇気《ゆうき》のいるお願《ねが》いだったろうと銀河《ぎんが》は思《おも》う。

「いえ……野球部《やきゅうぶ》のためですから。でも、あの人《ひと》が本当《ほんとう》に？」

「ああ。といってもオレの知《し》ってるのは小学校《しょうがっこう》のときのあいつだけど。あのころからあいつはコントロールばつぐんのピッチャーだったんだ」

おまけに見《み》よう見《み》まねでフォークボールまで投《な》げてみせた。

細身《ほそみ》だが、決《けっ》してひ弱《よわ》ではなく、強《つよ》い肩《かた》と、やわらかくしなる体《からだ》を持《も》っている。

パワフル高校《こうこう》には速球派《そっきゅうは》の投手《とうしゅ》はいるがテクニック派《は》はいない。欠《か》けていたピースを銀《ぎん》河《が》は見《み》つけたと思《おも》った。

それにスバルが野球《やきゅう》をやめたなんてウソだと銀河《ぎんが》は確信《かくしん》していた。

だが、同時《どうじ》に銀河《ぎんが》は「逃《に》げるな」と言《い》ったときのスバルの反応《はんのう》にも引《ひ》っかかっている。

あまりにも強《つよ》い声《こえ》でスバルは拒絶《きょぜつ》をした。

「なにか、あいつにあったんだ……あいつが野球《やきゅう》をきらいになったはずはない」

銀河《ぎんが》は再会《さいかい》したときさわったスバルの指《ゆび》のタコを覚《おぼ》えている。あの指《ゆび》は、つい最近《さいきん》までピッチャーをやっていた者《もの》のそれだ。

「時間《じかん》は、人《ひと》を変《か》えるものだとは思《おも》いますけれど……でも、夏野《なつの》くんがそう言《い》うのであれば……」

小筆《こふで》が静《しず》かに言《い》う。

「夏野《なつの》くんの言《い》うとおりなのかもしれませんね。だったら——」

「ああ」

——オレはあきらめないぜ、スバル！

食堂《しょくどう》を出《で》て行《い》ったときの親友《しんゆう》の背中《せなか》を思《おも》い返《かえ》しながら、銀河《ぎんが》はちかうのだった。

セクション2・バッテリー復活《ふっかつ》！

1

それから何度《なんど》かスバルを練習《れんしゅう》に誘《さそ》ったのだけれど、彼《かれ》はどうしても首《くび》をたてに振《ふ》らなかった。

あまりにいやがるので、銀河《ぎんが》は無理《むり》に誘《さそ》うのをやめて様子《ようす》を見《み》ることにする。

もう十月《がつ》になっていた。春《はる》のセンバツの予選《よせん》となる地区大会《ちくたいかい》は三回戦《かいせん》で負《ま》けてしまったけれど、銀河《ぎんが》たちの目標《もくひょう》はあくまで来年《らいねん》の夏《なつ》だ。もう切《き》り替《か》えている。

グラウンドをぐるりと取《と》り囲《かこ》む木々《きぎ》の葉《は》はすっかり色《いろ》づき、吹《ふ》く風《かぜ》に黄色《きいろ》い葉《は》を散《ち》らせていた。

その日《ひ》、練習《れんしゅう》メニューをこなしながら、銀河《ぎんが》はグラウンドの端《はし》にふと目《め》をとめた。

誰《だれ》かが銀河《ぎんが》たちの練習《れんしゅう》を見《み》ている。

——スバルだ！

銀河《ぎんが》が気《き》づくと、スバルは背中《せなか》を見《み》せて立《た》ち去《さ》ろうとした。

「あ、おい！」

追《お》いかけようとした銀河《ぎんが》は、とっさにベンチに置《お》いてあったグラブと転《ころ》がっていたボールを拾《ひろ》う。それから猛《もう》ダッシュでスバルを追《お》った。

マネージャーの小筆《こふで》があわてていたが、声《こえ》ひとつをかけてから後《うし》ろも見《み》ずに走《はし》る。

追《お》う銀河《ぎんが》に気《き》づいたスバルも走《はし》りだした。

サイクリングロードにもなっているグラウンド脇《わき》の細《ほそ》い道《みち》をかけると、少《すこ》し先《さき》で川沿《かわぞ》いの土手《どて》の道《みち》にぶつかる。

そこをスバルは右《みぎ》に。銀河《ぎんが》もやや遅《おく》れて曲《ま》がる。

左手《ひだりて》を流《なが》れる川《かわ》はさほど広《ひろ》くはないけれど、飛《と》び越《こ》せる幅《はば》ではなくて、川沿《かわぞ》いのその道《みち》は遠《とお》くまでまっすぐだった。だから前《まえ》を走《はし》るスバルの背中《せなか》はずっと見《み》えていた。

けれど、遠《とお》い。

——ちくしょう！　この距離《きょり》、追《お》いつけるか!?

土手沿《どてぞ》いの道《みち》は自転車《じてんしゃ》やランニングの人々《ひとびと》とたまにすれちがうていどで、わき道《みち》も信号《しんごう》もなく、見失《みうしな》わずに追《お》いかけるのには都合《つごう》がよかったが……背中《せなか》があんなに小《ちい》さく見《み》える。

「待《ま》てよ、スバル！」

声《こえ》をかけるが、もちろん止《と》まってなどくれない。

なぜか、ここで追《お》いつけないと、永遠《えいえん》にスバルに会《あ》えなくなる。

そんないやな予感《よかん》に胸《むね》がざわついてしまう。

——負《ま》けるか！

脚《あし》の回転《かいてん》をあげる。息《いき》が切《き》れ、心臓《しんぞう》の音《おと》はもううるさいほどで、耳《みみ》もとでドッドッと血《ち》の流《なが》れる音《おと》が聞《き》こえる。

少《すこ》しずつスバルの背中《せなか》が大《おお》きく見《み》えてくる。

あと、ちょっと！

よろけながら背中《せなか》に手《て》をかけると、スバルのカバンのベルトに手《て》がかかってしまう。

引《ひ》っ張《ぱ》られたスバルもよろけた。

「うわっ！　ごめ――」

ふたりそろって土手《どて》のほうへと体《からだ》が倒《たお》れ、そのまま転《ころ》がり落《お》ちてしまった。

「いててて！　……っ、スバル！　だいじょうぶか！」

「そこで心配《しんぱい》するなら、もうちょっと手《て》かげんしてくれてもいいんじゃないかな」

「ごめん！」

「まあ、いいけど」

息《いき》を弾《はず》ませ、ナナメになった草《くさ》の上《うえ》に背中《せなか》をつけたまま、空《そら》を見上《みあ》げる。

――空《そら》が高《たか》い。もう秋《あき》だなとぼんやりと思《おも》う。

「……で、なんの用《よう》？」

スバルに言《い》われ、一瞬《いっしゅん》、どう返《かえ》そうと銀河《ぎんが》は考《かんが》えてしまった。

「野球《やきゅう》やりたいんだろ？　また一緒《いっしょ》にやろうぜ」

「ボクは、もうとうに野球《やきゅう》はやめたんだよ……」

「……ウソだ！　その指《ゆび》のタコ。そんなの、ずっとボールをにぎってなきゃ、できるわけないじゃないか！」

体《からだ》を起《お》こしてスバルを見《み》る。

スバルはぐっと歯《は》をかみしめ、なにかにたえるような表情《ひょうじょう》を見《み》せた。

そのスバルに、なにも言《い》わずにグラブをつかませる。

「……？」

「これ以上《いじょう》はなにも言《い》わない。でも、キャッチボールくらい、いいだろう？」

「……それでキミの気《き》が済《す》むなら」

2.

河川敷《かせんしき》まで下《お》りて、銀河《ぎんが》はスバルとキャッチボールを始《はじ》めた。

おたがい全力疾走《ぜんりょくしっそう》してきたから、もう体《からだ》は充分《じゅうぶん》に温《あたた》まっている。

たがいの胸《むね》もとめがけてボールを投《な》げあう。

少《すこ》しずつ距離《きょり》をはなしていった。

遠《とお》くから風《かぜ》に乗《の》ってどこかの運動部《うんどうぶ》のかけ声《ごえ》が聞《き》こえてくる。夏《なつ》が終《お》わった空《そら》の色《いろ》は青《あお》く澄《す》んでいて、スバルの背中《せなか》の向《む》こうに魚《さかな》のウロコのようなかすかな雲《くも》が見《み》えていた。

——このくらいかな？

一歩《ぽ》ずつ遠《とお》ざけた距離《きょり》が二十メートルほどになったところで、銀河《ぎんが》は今度《こんど》は少《すこ》しずつ投《な》げるボールを速《はや》く強《つよ》くしていった。

銀河《ぎんが》はキャッチャーだ。肩《かた》には自信《じしん》があった。

ほぼ座《すわ》った体勢《たいせい》から投《な》げても、盗塁《とうるい》しようとするランナーをアウトにできなくては捕手《ほしゅ》は務《つと》まらない。

ボールをつかんだときのグラブが立《た》てる音《おと》が徐々《じょじょ》に大《おお》きくなる。

すると、銀河《ぎんが》の投《な》げる球《たま》に対抗《たいこう》するかのように、スバルの投《な》げ返《かえ》してくる球《たま》も徐々《じょじょ》に速《はや》く強《つよ》くなっていった。

スパーン！　とグラブが軽快《けいかい》な音《おと》を立《た》てる。

——このボールの重《おも》さ、速《はや》さ！　やっぱり、やめたな

んてウソだろ！

スバルの投《な》げてくる球《たま》は受《う》けると手《て》がしびれるほどだ。

そのまま銀河《ぎんが》はスバルとボールを投《な》げ交《か》わしつづけた。

空《そら》の青《あお》さが徐々《じょじょ》にかすんでいって、西《にし》の空《そら》にうっすらと赤《あか》みが差《さ》してきた。照明《しょうめい》のない河川敷《かせんしき》では土《つち》に汚《よご》れた白《しろ》いボールは少《すこ》しずつ見《み》えづらくなってくる。

そういえば、と銀河《ぎんが》は思《おも》い出《だ》す。

ふたりが遠《とお》くへと別《わか》れたあの日《ひ》もこうして河川敷《かせんしき》でボールを投《な》げ交《か》わしていたっけ。

スバルは果《は》たして覚《おぼ》えているんだろうか。空《そら》に広《ひろ》がる星々《ほしぼし》の下《もと》、甲子園《こうしえん》をめざそうとちかい合《あ》ったあの日《ひ》を。

ボールをスバルに渡《わた》すと、銀河《ぎんが》は次《つぎ》で最後《さいご》にしよう、と言《い》った。

スバルは肩《かた》をすくめる。

銀河《ぎんが》がキャッチボールの姿勢《しせい》からしゃがみ込《こ》むと、スバルがわずかに目《め》をみはった。

たがいの距離《きょり》が約《やく》二十メートル。ほぼ、ピッチャーのプレートからホームベースまで。

もちろん正式《せいしき》なマウンドならば十八・四四メートルで高低差《こうていさ》もある。

だが、銀河《ぎんが》の意図《いと》をスバルが読《よ》み間違《まちが》うとは思《おも》わなかった。

「思《おも》いっきり投《な》げていいぜ」

そう挑発《ちょうはつ》するように言《い》うと、スバルはそこで初《はじ》めて表情《ひょうじょう》を変《か》えてむっとした顔《かお》になった。

「捕《と》れなくても知《し》らないよ？」

そう言《い》ってから、スバルは思《おも》いっきり両腕《りょううで》を高《たか》くあげた。

ワインドアップモーション。

ふみ出《だ》す脚《あし》を胸《むな》もとに引《ひ》き付《つ》けてから体重《たいじゅう》をじく足《あし》に乗《の》せる。スバルの全身《ぜんしん》がじく足《あし》を中心《ちゅうしん》に右《みぎ》へと回転《かいてん》すると、グラブを持《も》つ左腕《ひだりうで》のひじが銀河《ぎんが》のほうを向《む》き、弓《ゆみ》のつるをしぼるように引《ひ》いた右腕《みぎうで》が体《からだ》の向《む》こうへとかくれて見《み》えなくなる。

腰《こし》から先《さき》に倒《たお》れ込《こ》むように前《まえ》へと重心《じゅうしん》を移動《いどう》させ、スバルは引《ひ》いた右腕《みぎうで》を今度《こんど》は銀河《ぎんが》のほうへと向《む》かって振《ふ》ってくる。

指先《ゆびさき》からリリースされたボールが、それまでとは段違《だんちが》いの速《はや》さで銀河《ぎんが》のほうへ！

たしかに先《さき》ほどまでよりもさらに速《はや》いが、パワフル高校《こうこう》のエース大津《おおつ》よりも少《すこ》し遅《おそ》いし、ましてや木場《きば》の「爆速《ばくそく》ストレート」に比《くら》べることはできない。捕《と》れるスピードだ。

——けど、たぶん！

ボールがスバルのきき腕《うで》とは逆側《ぎゃくがわ》にややスライドしつつ落《お》ちてきた。スライダーだ。

——来《く》ると思《おも》ったぜ、変化球《へんかきゅう》！

小学生《しょうがくせい》のときに見《み》た落《お》ちるボールとはちがうが、あらかじめくせ球《だま》が来《く》ると読《よ》んでいた銀河《ぎんが》はなんとかグラブの端《はし》に引《ひ》っ掛《か》けた。

手《て》が痛《いて》ぇ！　心《こころ》のなかで悲鳴《ひめい》をあげながらも、銀河《ぎんが》はグラブのなかのボールを素早《すばや》くつかむ。空想上《くうそうじょう》の三塁走者《るいそうしゃ》にタッチして、そのまま上半身《じょうはんしん》の力《ちから》だけでスバルにボールを投《な》げ返《かえ》した。

銀河《ぎんが》はにやりと笑《え》みを浮《う》かべてみせる。

「……一死《し》二塁《るい》、三塁《るい》、三塁走者《るいそうしゃ》タッチアウトでバッターも一塁《るい》でアウトだ」

「一塁《るい》はあっちだよ」

ファーストのいるはずのほうへと視線《しせん》を投《な》げつつ、スバルが呆《あき》れた顔《かお》になった。

「実際《じっさい》には一塁《るい》までの距離《きょり》のほうがボクまでよりも長《なが》いし。まあ、あっちに投《な》げてたら川《かわ》に落《お》ちちゃうけど」

「それでもアウトだったさ」

「……そうかもね。指《ゆび》、だいじょうぶ？」

むりやりグラブの端《はし》に引《ひ》っ掛《か》けて捕球《ほきゅう》したことを言《い》っているのだろう。

グラブを脱《ぬ》いで手《て》を出《だ》してみせる。やや赤《あか》くなっていたが、問題《もんだい》ないよ、とにぎったり開《ひら》いたりしてみせた。

「相変《あいか》わらず無茶《むちゃ》をするね」

「おまえの球《たま》なら、ぜんぶ受《う》け止《と》めてみせるって言《い》ったろ」

銀河《ぎんが》の言葉《ことば》にスバルははっとしたような表情《ひょうじょう》を浮《う》かべ、それからくしゃりと顔《かお》をゆがめた。

泣《な》き出《だ》すほんの少《すこ》し前《まえ》の表情《ひょうじょう》みたいだ、と思《おも》った。

「銀河《ぎんが》、キミは……」

「スバル、また、野球《やきゅう》やろうぜ」

だが、スバルは首《くび》をたてに振《ふ》らなかった。

そのまま銀河《ぎんが》にグラブとボールを返《かえ》すと、背中《せなか》を向《む》けてしまう。カバンを拾《ひろ》って土手《どて》をのぼっていく。

背中《せなか》を追《お》ってかけ上《あ》がった。

スバルは振《ふ》り返《かえ》らない。

夕暮《ゆうぐ》れのなか、細《ほそ》い棒人間《ぼうにんげん》みたいになったシルエットが道《みち》の向《む》こうへと消《き》えていった。

「ダメか……」

肩《かた》を落《お》として帰《かえ》った銀河《ぎんが》に、だが次《つぎ》の日《ひ》、予想外《よそうがい》の出来事《できごと》が待《ま》ち受《う》けていた。

3

「やばい、チコクだ！」

銀河《ぎんが》はめずらしく焦《あせ》っていた。

朝目覚《あさめざ》めて、昨日《きのう》のことを思《おも》い出《だ》してしまい、少《すこ》しぼうっとしていたせい。

すっかり遅《おく》れてしまった。朝練《あされん》にチコクだ。

たどりついたグラウンドではマネージャーの小筆《こふで》が心配《しんぱい》そうな顔《かお》で待《ま》っていた。キャプテンとしては大《おお》ポカである。

「わるい！　すぐに始《はじ》めるから！」

「連絡《れんらく》をもらっていたから分《わ》かっています」

スマホを手《て》で振《ふ》って小筆《こふで》が言《い》った。

通話《つうわ》アプリのグループメッセージ機能《きのう》を使《つか》って野球部員《やきゅうぶいん》の連絡網《れんらくもう》を作《つく》り上《あ》げたのは小筆《こふで》だった。引《ひ》っ込《こ》み思案《じあん》で内気《うちき》なところのある少女《しょうじょ》だが、できるマネージャーなのだ。

「ここまで走《はし》ってきたからアップはいいよな！」

ランニングはあきらめて仲間《なかま》たちの守備練習《しゅびれんしゅう》に加《くわ》わろうとした。

「あ、夏野《なつの》くん、それと今日《きょう》から……」

背中《せなか》から掛《か》かる小筆《こふで》の声《こえ》。

だが、その声《こえ》はろくに銀河《ぎんが》の耳《みみ》に入《はい》ってこなかった。

やたらと切《き》れ味《あじ》のよい「スパーン」という小気味《こきみ》よい音《おと》が響《ひび》いていた。グラブ、いやミットがボールを受《う》ける音《おと》だ。

こんな音《おと》を立《た》てるやつ、オレたちの部《ぶ》にいたっけ？　そう思《おも》いながら銀河《ぎんが》はピッチング練習《れんしゅう》をしている一角《いっかく》に視線《しせん》を向《む》ける。

――えっ……？

「スバル！」

思《おも》わずかけよる。

スバルは少《すこ》しはにかんだような、ばつが悪《わる》そうな笑《え》みを浮《う》かべる。

「おまえ……」

「まあ、もう少《すこ》しくらいなら、やってみてもいいかなって……」

野球《やきゅう》をやめていた理由《りゆう》は言《い》わなかったし、銀河《ぎんが》も聞《き》こうとはしなかった。心変《こころが》わりした理由《りゆう》も。いつか、話《はな》したくなったときでいい。

それよりも銀河《ぎんが》はスバルが野球《やきゅう》をふたたび始《はじ》める気《き》になってくれたのがうれしかった。

理由《りゆう》なんてなんでもいい。

「それに、約束《やくそく》してしまったからね」

――覚《おぼ》えててくれたんだ……。

銀河《ぎんが》は大《おお》きくうなずいた。

「ああ。あの日《ひ》の約束《やくそく》をかなえよう。甲子園《こうしえん》をめざそう！　ライバルとしてじゃなく、いっしょに甲子園《こうしえん》をめざすんだ！」

この日《ひ》、パワフル高校野球部《こうこうやきゅうぶ》に、熱《あつ》い思《おも》いを抱《いだ》く仲間《なかま》が新《あら》たに増《ふ》えたのだった。

4.

クリーム色《いろ》の防音材《ぼうおんざい》で四方《しほう》の壁《かべ》をおおわれた視聴覚室《しちょうかくしつ》。

部屋《へや》に集《あつ》まった全員《ぜんいん》の視線《しせん》が大《おお》きなスクリーンに集《あつ》まっている。

特別教室《とくべつきょうしつ》にはキャプテンの銀河《ぎんが》を初《はじ》めとする野球部員《やきゅうぶいん》と、マネージャーの小筆《こふで》、そして監督《かんとく》の大杉《おおすぎ》がいた。

週《しゅう》に一度《ど》、一時間《じかん》、野球部《やきゅうぶ》には「勉強《べんきょう》」の時間《じかん》がある。

小筆《こふで》が大杉監督《おおすぎかんとく》の指示《しじ》に従《したが》ってノートパソコンを操作《そうさ》している。

教室前面《きょうしつぜんめん》にある大《おお》きな白《しろ》いスクリーンには、パソコンの画面上《がめんじょう》に表示《ひょうじ》されている画像《がぞう》と同《おな》じものが映《うつ》し出《だ》されていた。

「みなさん、これは覇堂高校《はどうこうこう》の最新《さいしん》の練習試合《れんしゅうじあい》の映像《えいぞう》です」

監督《かんとく》の言葉《ことば》に部員《ぶいん》たちは食《く》い入《い》るようにスクリーンを見《み》つめた。

試合《しあい》の映像《えいぞう》は、ダイジェストになっている。今流《いまなが》れているのは覇堂高校《はどうこうこう》のエースの投球《とうきゅう》場面《ばめん》だけをつなげたものだ。

――それにしても、毎回《まいかい》、どうやってこんな映像《えいぞう》を手《て》に入《い》れてくるんだろう？

不思議《ふしぎ》に思《おも》いつつも銀河《ぎんが》もまた見入《みい》っていた。

覇堂高校《はどうこうこう》のエース、木場《きば》が豪速球《ごうそっきゅう》でバッターから三振《さんしん》の山《やま》をきずいている。

噂《うわさ》に聞《き》く「爆速《ばくそく》ストレート」だ。

速《はや》い。

いったい何《なん》キロ出《で》ているのか。

「これはまた……一方的《いっぽうてき》でやんすね……」

矢部《やべ》の言葉《ことば》に隣《となり》に座《すわ》っている宇渡《うど》がうんうんとうなずく。大《おお》きな体《からだ》の宇渡《うど》がまるで子《こ》リスのように身《み》をちぢめているのがなんだかおかしい。

「相手《あいて》チーム、ここまでバットにかすりもしてないっす」

小田切《おだぎり》が言《い》った。

映像《えいぞう》が終《お》わり、大杉監督《おおすぎかんとく》がひと呼吸《こきゅう》、間《ま》を置《お》いてから話《はなし》を始《はじ》めた。

「この試合《しあい》で木場嵐士《きばあらし》くんはノーヒットノーランを記録《きろく》しました」

部員全員《ぶいんぜんいん》がだまり込《こ》んでしまう。

ノーヒットノーラン——つまり、ホームランを打《う》たれるどころか、一本《ぽん》のヒットさえ打《う》たれなかったということだ。

練習試合《れんしゅうじあい》とはいえ、相手《あいて》の打線《だせん》を完《かん》ぺきに抑《おさ》えてみせたわけだ。

「けれど、重要《じゅうよう》なのは実《じつ》はそこではありません」

えっ、と部員《ぶいん》たちが意外《いがい》そうに首《くび》をかしげる。

小筆《こふで》がパソコンを操作《そうさ》すると画面《がめん》が切《き》り替《か》わった。

今度《こんど》の映像《えいぞう》は覇堂高校《はどうこうこう》の攻《せ》め——打撃《だげき》の部分《ぶぶん》だけを切《き》り取《と》ったもののようだ。

見《み》ていてなんとなく銀河《ぎんが》も監督《かんとく》の言《い》おうとしていることが分《わ》かってきた。

覇堂高校《はどうこうこう》は投手《とうしゅ》の木場《きば》だけがすごいわけではない。超高校級《ちょうこうこうきゅう》と見出《みだ》し付《つ》きでスポーツ新《しん》聞《ぶん》にのる木場《きば》の「爆速《ばくそく》ストレート」だが、実《じつ》は打《う》つほうも超高校級《ちょうこうこうきゅう》だと銀河《ぎんが》は思《おも》っていた。

「この試合《しあい》は7―0で覇堂高校《はどうこうこう》が勝《か》ったんです」

手《て》もとのタブレットに目《め》を落《お》としながら小筆《こふで》が言《い》った。おそらくそっちには練習試合《れんしゅうじあい》のスコアが表示《ひょうじ》されているのだろう。

銀河《ぎんが》はうなった。

――そういうことか！

「えっと……監督《かんとく》。重要《じゅうよう》なのはそこじゃないって、どういうことっすか」

小田切《おだぎり》がたずねると、大杉監督《おおすぎかんとく》は銀河《ぎんが》を見《み》た。

分《わ》かるか？　そういう表情《ひょうじょう》で見《み》つめてくる。

他《ほか》の部員《ぶいん》たちも銀河《ぎんが》に視線《しせん》を集《あつ》めてくる。

「7―0ということは、コールドになってもおかしくない試合《しあい》ですよね？」

そう言《い》うと、スバルも気《き》づいたようだ。

「そうか……。コールドゲームは、五回《かい》で10点差《てんさ》、七回《かい》で7点差以上《てんさいじょう》の開《ひら》きがあった場合《ばあい》に成立《せいりつ》になる。でも、コールドゲームではノーヒットノーランは成立《せいりつ》しない……から」

銀河《ぎんが》も付《つ》け加《くわ》える。

「ノーヒットノーランってことは九回《かい》まで試合《しあい》は行《おこな》われたってことだろ？　実際《じっさい》、映像《えいぞう》を見《み》る限《かぎ》り、塁《るい》には最後《さいご》のほうまでほとんど誰《だれ》も出《で》ていなかった。打《う》ってはいたけどな」

「たしかに、でも、そこまですごい投手《とうしゅ》には見《み》えなかったでやんすね」

小筆《こふで》がすかさず情報《じょうほう》を伝《つた》えてくる。

「覇堂高校《はどうこうこう》は八回《かい》まで0点《てん》でした。打線《だせん》がレギュラーではなかったようです。でも九回表《かいおもて》にレギュラーを投入《とうにゅう》して7点《てん》を入《い》れ、九回《かい》の裏《うら》を抑《おさ》えて勝《か》ったんです」

5.

「もしかして……わざと？」

宇渡《うど》がおそるおそる言《い》った。

「たぶんな」

銀河《ぎんが》はうなずいた。

「ちょ！　そんなことって……！」

「マネージャー、スコアシートを見《み》せてくれるか」

大津《おおつ》に言《い》われて、小筆《こふで》がタブレットを渡《わた》した。

群《むら》がるようにしてみなものぞき込《こ》む。

「たしかに……小筆《こふで》ちゃんの言《い》うとおりみたいだな」

大津《おおつ》がうなった。

「でも、なんでっすか？　練習試合《れんしゅうじあい》の記録《きろく》をノーヒットノーランにしたところでなにかメリットなんてあるっす？」

小田切《おだぎり》の問《と》いかけに銀河《ぎんが》は答《こた》える。

「理由《りゆう》はたぶん木場《きば》のためだ」

「木場《きば》のため、っすか？」

「打線《だせん》が強力《きょうりょく》だからって、いつもコールドゲームでは投手《とうしゅ》に実戦《じっせん》の感覚《かんかく》が消《き》えてしまう。実際《じっさい》の試合《しあい》のなかで九回《かい》を投《な》げて、ようやく試合《しあい》に必要《ひつよう》な体力《たいりょく》が作《つく》れるんだ」

「で、でも、練習試合《れんしゅうじあい》なんだから、コールド勝《が》ちを採用《さいよう》しなければいいだけなんじゃ……」

「理屈《りくつ》じゃそうだけど、小田切《おだぎり》。序盤《じょばん》の回《かい》で7点《てん》も8点《てん》も取《と》られて、そのあとも真剣《しんけん》に試《し》合《あい》ができるか？」

「う……」

「やる気《き》は間違《まちが》いなく落《お》ちるでやんすね」

それだけではない。

「実《じつ》はこれにはもっと先《さき》まで考《かんが》えた理由《りゆう》がある気《き》もするんだ」

「もっと……先《さき》でやんすか？」

「ジャンケンを考《かんが》えてみよう。相手《あいて》がグーを出《だ》すとあらかじめ分《わ》かっていたら、用意《ようい》するのはパーだろ？」

「そりゃまあ……」

「逆《ぎゃく》に言《い》えば、相手《あいて》にパーを出《だ》させたかったら、グーを出《だ》すぞと思《おも》わせればいい。もちろん、そうしておいてから自分《じぶん》はチョキを出《だ》すわけだ」

「パーを出させる？」

「うん。覇堂高校《はどうこうこう》っていえば木場《きば》の『爆速《ばくそく》ストレート』だ。間違《まちが》いなく、それがいちばん有名《ゆうめい》のはずだ。そこに、練習試合《れんしゅうじあい》とはいえ、ノーヒットノーランを達成《たっせい》してみろ。たぶん、ほとんどの学校《がっこう》は木場《きば》の球《たま》をどうやって打《う》つか、それだけを考《かん》えることになるはずだ」

「そう……でやんすね」

「つまり、チームを作《つく》るときにはどうやって木場《きば》の球《たま》を打《う》つかを考《かん》えてチーム作《づく》りをする。でももし、コールドゲームなんてやってしまったら、いくつかの相手《あいて》チームは打線《だせん》をふうじるための投手力《とうしゅりょく》や守備力《しゅびりょく》に重《おも》きを置《お》いたチーム作《づく》りをしてくるはずだ」

「夏野《なつの》くんの言《い》うとおりでしょう。自分《じぶん》たちの打線《だせん》の強力《きょうりょく》さをかくしたかったわけです」

大杉監督《おおすぎかんとく》が冷静《れいせい》な声《こえ》で指摘《してき》した。

「覇堂高校野球部《はどうこうこうやきゅうぶ》は公式戦《こうしきせん》が始《はじ》まる前《まえ》から仕掛《しか》けてきているのです。自分《じぶん》たちが戦《たたか》う相手《あいて》チームの編成《へんせい》さえも自分《じぶん》たちがコントロールすべく、ね……」

大杉監督《おおすぎかんとく》の言葉《ことば》に室内《しつない》の全員《ぜんいん》がだまり込《こ》んだ。

重《おも》くるしい空気《くうき》になる。

その気持《きも》ちは銀河《ぎんが》にも分《わ》かる。対外試合《たいがいじあい》の結果《けっか》を完《かん》ぺきにコントロールし、その結果《けっか》をもって周《まわ》りの高校《こうこう》の対抗策《たいこうさく》までをも操《あやつ》ろうとする――なんて相手《あいて》なんだ！

ただ――完《かん》ぺきではない。

「銀河《ぎんが》、キミは最初《さいしょ》から『爆速《ばくそく》ストレート』だけじゃなく、覇堂高校《はどうこうこう》の打線《だせん》も気《き》にしていたみたいだけど？」

スバルが言《い》った。

「うちの学校《がっこう》には大津《おおつ》がいたからだよ。だから他《ほか》の学校《がっこう》よりは、オレたちは速球《そっきゅう》に慣《な》れている。だろ？　同《おな》じように、木場《きば》を相手《あいて》に練習《れんしゅう》できるわけだから、覇堂高校《はどうこうこう》の打線《だせん》のレベルも上《あ》がっているはずだ、と思《おも》ったんだ」

「それはつまり、オレの球《たま》じゃ楽々《らくらく》打たれるってことだけどな……」

大津《おおつ》が言《い》って、矢部《やべ》がうなる。

「やっかいな相手《あいて》でやんすねぇ」

ふたたび視聴覚室《しちょうかくしつ》が静《しず》まり返《かえ》った。

――でも、覇堂高校《はどうこうこう》にだって弱点《じゃくてん》がないわけじゃないさ。

強《つよ》みはいつだって最大《さいだい》の弱点《じゃくてん》でもあるはずだ。

6

その後《ご》の練習《れんしゅう》では、部員《ぶいん》たちがみなやや気落《きお》ちしていた。

グラウンドで交《か》わす声《こえ》も小《ちい》さくなりがちで、銀河《ぎんが》はできるだけ大《おお》きな声《こえ》を張《は》り上《あ》げる。

守備練習《しゅびれんしゅう》を終《お》えて、休憩《きゅうけい》の時間《じかん》に入《はい》ったとき、スバルが声《こえ》をかけてきた。

「ねえ、銀河《ぎんが》。ボクの球《たま》がどこまで通用《つうよう》するかを知《し》りたいんだ。ちょっと本気《ほんき》で相手《あいて》をしてみてくれないかな？」

「分《わ》かった。で、ルールはどうする？」

「子《こ》どものころにやったあのルールでやろう」

「オーケー」

あれか、と銀河《ぎんが》にはすぐに分《わ》かったけれど、なにを始《はじ》めたんだと寄《よ》ってきた他《ほか》の部員《ぶいん》たちがたずねてくる。

「オレたちは子《こ》どものころ、ふたりっきりで練習《れんしゅう》しててさ。ふたりしかいないから、ちょっと特殊《とくしゅ》なゲームで勝負《しょうぶ》してたんだ。『十五球勝負《きゅうしょうぶ》』って呼《よ》んでたんだけど」

投《な》げるスバルと打《う》つ銀河《ぎんが》しかいないから、学校《がっこう》の校庭《こうてい》のすみ、かべのあるところでしかできないゲームではあった。

ルールは単純《たんじゅん》だ。

スバルの投《な》げる球《たま》を打《う》って、ヒット性《せい》のミートなら3点《てん》。ホームラン級《きゅう》なら6点《てん》。四球《フォアボール》は1点《てん》を得《え》られる。ただしボールは投球数《とうきゅうすう》には数《かぞ》えない。

つまり、ストライク、もしくはボールでも銀河《ぎんが》が打《う》った球数《たまかず》を合計《ごうけい》して十五球《きゅう》で勝負《しょうぶ》をつけるということだ。

「それで、20点以上《てんいじょう》を取《と》れればオレの勝《か》ち。それより少《すく》なければスバルの勝《か》ちっていうルールだったと思《おも》う」

十五球《きゅう》あれば、四割《わり》バッターならば六回《かい》くらいヒットを打《う》つ計算《けいさん》だが、それでは18点《てん》にしかならない。20点《てん》にするにはそのうちの一本《ぽん》をホームランにする。もしくはもう一回《かい》ヒットを増《ふ》やす。あるいは四球《フォアボール》を二つ取《と》る。

意外《いがい》と厳《きび》しい条件《じょうけん》だが、これで銀河《ぎんが》とスバルは勝《か》ったり負《ま》けたりだった。

「で、いいんだよな？」

スバルがうなずいた。

当時《とうじ》は打《う》ったボールをそのたびに、自分《じぶん》たちで拾《ひろ》いに行《い》かなければならないから、今《いま》から考《かんが》えると、子《こ》どもならではの気《き》の長《なが》い遊《あそ》び方《かた》をしていたものだと思《おも》う。それでもおたがいにどっちの実力《じつりょく》が上《うえ》か勝負《しょうぶ》するのが楽《たの》しかった。

今回《こんかい》は部員《ぶいん》たちが面白《おもしろ》そうだと手伝《てつだ》ってくれることになった。

勝負《しょうぶ》をしたのは小学生《しょうがくせい》のころ。今《いま》のスバルと本気《ほんき》で戦《たたか》ったらどうなるか。銀河自身《ぎんがじしん》にとっても楽《たの》しみではあった。それに、空《あ》き地《ち》でやるゲームではなく、マウンドに立《た》って投《な》げるスバルの本気《ほんき》のボールを打《う》つのは練習《れんしゅう》でもまだやったことがない。

「行《い》くよ、銀河《ぎんが》」

「来《こ》い！」

バッタースボックスに立《た》ってかまえる。

振《ふ》りかぶったスバルの投《な》げた一球目《きゅうめ》は様子《ようす》を見《み》るかのように外角《がいかく》の低《ひく》め、ストライクからボールになるスライダーだった。

審判役《しんぱんやく》にキャッチャーの背後《はいご》に立《た》った宇渡《うど》がボールを宣言《せんげん》。

ストライク以外《いがい》は投球数《とうきゅうすう》には数《かぞ》えないから、十五球残《きゅうのこ》したままで、1ボール、0ストライクの状況《じょうきょう》になったわけだ。

「さすがにボールを振《ふ》ってはくれないか……」

「予想《よそう》できてたしな」

そう返《かえ》すと、マウンドのスバルがむっとした顔《かお》になった。

だがまだ十五球《きゅう》ある。

――次《つぎ》は入《い》れてくるはずだ。

今度《こんど》はストレート！

しかも内角高《ないかくたか》めギリギリに放《ほう》ってきた。

思《おも》わずのけ反《ぞ》ろうとする体《からだ》をなんとか押《お》さえつけ、銀河《ぎんが》はバットを振《ふ》った。ギリギリかすってファウルになった。

これで、1ボール、1ストライク。

三球目《きゅうめ》は外角《がいかく》の低《ひく》めにスライダーだったが、今度《こんど》は予想《よそう》していた銀河《ぎんが》はうまくバットを合《あ》わせて一塁側《るいがわ》にヒットにした。

おお、と見《み》ていた部員《ぶいん》たちから歓声《かんせい》があがる。

「やるなあ」

とスバルが感心《かんしん》した顔《かお》になる。

「まだまだ！　次《つぎ》だ！」

「もちろんだよ……」

結局《けっきょく》、ホームランこそ打《う》てなかったが、十五球《きゅう》のうちの七球《きゅう》を銀河《ぎんが》はヒットにした。

点数《てんすう》は21点《てん》。

銀河《ぎんが》の勝《か》ちだ。

だが、スバルも最初《さいしょ》の一球以外《きゅういがい》は、あからさまなボールは投《な》げず、四球《フォアボール》は一回《かい》も出《だ》さなかった。コントロールでは野球部一《やきゅうぶいち》かもしれない。

「さあ、では練習《れんしゅう》を続《つづ》けますよ」

大杉監督《おおすぎかんとく》が言《い》って、銀河《ぎんが》たちはふたたび練習《れんしゅう》を再開《さいかい》した。

秋《あき》の陽《ひ》は短《みじか》い。グラウンドには照明《しょうめい》が灯《とも》るとはいえ、ボールを使《つか》った練習《れんしゅう》はそんなに長《なが》くは続《つづ》けられない。

それでも、すっかり辺《あた》りが暗《くら》くなり明《あ》かりが灯《とも》ってから、ようやく銀河《ぎんが》たちは練習《れんしゅう》を終《お》えたのだ。

グラウンドの整備《せいび》を終《お》わらせてから部室《ぶしつ》へと着替《きが》えに戻《もど》る。

銀河《ぎんが》の脇《わき》をなにごとか考《かんが》えこんでいる表情《ひょうじょう》でスバルが通《とお》り過《す》ぎた。

「やっぱり、今《いま》のボクでは銀河《ぎんが》を抑《おさ》えることはできないね。……たぶんこのままでは覇堂《はどう》高校《こうこう》の打線《だせん》も……」

「スバル……？」

スバルは考《かんが》えこんだまま、シャワー室《しつ》へと消《き》えた。

7.

その週末《しゅうまつ》のことだ。

銀河《ぎんが》たち——銀河《ぎんが》とスバル、矢部《やべ》、宇渡《うど》、小田切《おだぎり》の五人《にん》——は食堂《しょくどう》で昼食《ちゅうしょく》を取《と》っていた。スバルが基本的《きほんてき》に学食《がくしょく》のため、彼《かれ》が入部《にゅうぶ》してから銀河《ぎんが》たちもたまに付《つ》き合《あ》うようになっている。

六人掛《にんが》けのテーブルを銀河《ぎんが》たち五人《にん》で囲《かこ》む。

銀河《ぎんが》はカツカレーを、スバルはミニうどんに親子丼《おやこどん》を頼《たの》んだ。

みんな食《た》べ盛《ざか》りだから、あっという間《ま》に食《た》べ終《お》わる。

給湯器《きゅうとうき》からタダのお茶《ちゃ》を汲《く》んできて飲《の》むもの、買《か》った紙《かみ》パックの牛乳《ぎゅうにゅう》をすするもの、それぞれお腹《なか》に休憩《きゅうけい》を与《あた》えているが、全員《ぜんいん》ともが心《こころ》なしか落《お》ち込《こ》んでいる雰囲気《ふんいき》があった。

明《あか》るい小田切《おだぎり》が新作《しんさく》のモノマネを披露《ひろう》したが、力《ちから》の抜《ぬ》けた笑《わら》いしか出《で》ない。

「練習《れんしゅう》……このままじゃよくない、よくないぞ！」

宇渡《うど》が言《い》った。

「と、言《い》っても、監督《かんとく》も言《い》ってただろ、むやみに練習《れんしゅう》をきつくすればよいってもんじゃないって。ケガも増《ふ》えるし。それに相手《あいて》は覇堂高校《はどうこうこう》だけじゃないんだぞ。覇堂《はどう》だけを目《め》の敵《かたき》にして練習《れんしゅう》するのはちがうとオレは思《おも》う」

「それは、そうだけど。そうなんだけど……」

「たしかにそうっす。オレたちの地区《ちく》にいる強豪《きょうごう》は覇堂高校《はどうこうこう》だけじゃないっす。瞬鋭高校《しゅんえいこうこう》とか……」

小田切《おだぎり》が言《い》って、矢部《やべ》がうなずく。

「瞬鋭《しゅんえい》も手強《てごわ》いでやんす。とくにあのチームは才賀侑人《さいがゆうと》って、右投《みぎな》げ左打《ひだりう》ちの三塁手《るいしゅ》がいるんでやんすが、こいつがとんでもない強打《きょうだ》の持《も》ち主《ぬし》で。実《じつ》は……才賀《さいが》はあの木場《きば》と同《おな》じ中学《ちゅうがく》だったという話《はなし》でやんすが……」

矢部《やべ》の言葉《ことば》に、銀河《ぎんが》も思《おも》い出《だ》した。

「ああ……聞《き》いたことがある。なんでも、あえて木場《きば》と戦《たたか》うために同《おな》じ高校《こうこう》はめざさなかったとか」

「で、やんす」

「覇堂高校《はどうこうこう》を倒《たお》そうと練習《れんしゅう》してるのはボクたちだけじゃないってことだね」

「そいつらにも勝《か》たなくちゃ甲子園《こうしえん》には行《い》けないんだ」

考《かんが》えるだけで途方《とほう》もない目標《もくひょう》だ。

たしかになにか新《あたら》しい力《ちから》が欲《ほ》しくなってくるけれど……。

「ゲームじゃないんだから、そうそう必殺技《ひっさつわざ》みたいなのは覚《おぼ》えられないよなあ」

銀《ぎん》河《が》のつぶやきにまるでこたえるかのように、そのときスバルが口《くち》を開《ひら》いた。

「ねえ、銀《ぎん》河《が》」

「ん？　なんだ？　お茶《ちゃ》でも喉《のど》に詰《つ》まったか？」

「詰《つ》まらないよ！　というか、お茶《ちゃ》でむせることはあっても喉《のど》は詰《つ》まらないよね！」

「と、いうギャグなんだ」

「おもしろくないぞ」

「13点《てん》、ってとこっす。１００点満点《てんまんてん》で」

「うお、低《ひく》すぎねえ？」

「芸《げい》の道《みち》は厳《きび》しいでやんすよ」

話《はなし》をしようとしていたスバルまで苦笑《くしょう》していた。

「ええと、スバルくん、で、キャプテンへの話《はなし》はなんでやんすか？」

「ああ……。この前《まえ》の銀《ぎん》河《が》との勝負《しょうぶ》のときから考《かんが》えてたんだけど……」

「勝負《しょうぶ》って、十五球勝負《きゅうしょうぶ》のことか？」

スバルがうなずいた。

「ボクが転校《てんこう》する直前《ちょくぜん》、ふたりでキャッチボールをして遊《あそ》んだことを覚《おぼ》えてる？」

「もちろん！」

やや食《く》い気味《ぎみ》で銀河《ぎんが》は答《こた》える。

忘《わす》れるはずがなかった。

「あのとき、ボクが最後《さいご》に投《な》げた落《お》ちるボールだけど」

「フォークだったよな」

「うん。高校《こうこう》に入《はい》ってから何度《なんど》か試《ため》してみたけど、スライダーのほうが先《さき》に身《み》についちゃったから練習《れんしゅう》しなくなったんだ」

「そうだったのか」

「スバルくんは指《ゆび》が長《なが》いですから、フォークボールは向《む》いてると思《おも》うでやんす」

「ピアノもやってたんだろ」

「親《おや》に通《かよ》わされてね。野球《やきゅう》のほうが楽《たの》しくなっちゃったから、すぐにやめちゃったけど。

でも、今《いま》のストレートとスライダーだけじゃ、この先《さき》の大会《たいかい》を勝《か》ち抜《ぬ》けないと思《おも》う。ボクは大津《おおつ》くんほどボールにスピードないしね」

スバルの顔《かお》は真剣《しんけん》だった。

「……で、もしかして、フォークボールを？」

「この冬《ふゆ》の目標《もくひょう》をそれにしたいんだ。協力《きょうりょく》してくれるかな？」

「そういうことか。もちろんだ！」

銀河《ぎんが》はうれしかった。

強《つよ》くなれるからではない。

スバルが、自分《じぶん》から考《かんが》えて新《あたら》しいことに挑戦《ちょうせん》すると言《い》ってくれたからだ。

ふたたび野球《やきゅう》をやるように誘《さそ》ったことに対《たい》して、銀河《ぎんが》は、もしかしたら余計《よけい》なことをしたのかも、と考《かんが》えないではなかった。むりやり入部《にゅうぶ》させたんじゃ、と。

だが、こうしてスバルは自分《じぶん》から野球《やきゅう》に取《と》り組《く》んでくれている。それが銀河《ぎんが》にはなによりもうれしいことだったのだ。

「そういえば……、大津《おおつ》もチェンジアップを覚《おぼ》えるって言《い》ってた」

宇渡《うど》が思《おも》い出《だ》したように言《い》った。

「へえ……」

銀河《ぎんが》はおどろいた。大津《おおつ》は最高《さいこう》153キロの速球《そっきゅう》だけでも充分《じゅうぶん》だと思《おも》っていたのだ。

「彼《かれ》のような速球派《そっきゅうは》にはぴったりだね」

「たしかに。速球《そっきゅう》をより活《い》かすためのチェンジアップか……みんな考《かんが》えてるなあ」

「甲子園《こうしえん》をめざすなら、やれることはなんでもやらないとね」

「だな！　で、いつから練習《れんしゅう》を始《はじ》めるんだ？」

「できれば今日《きょう》からでも」

「分《わ》かった！」

スバルの球種《きゅうしゅ》に新《あたら》しくフォークボールを付《つ》け加《くわ》えるべく、練習《れんしゅう》を始《はじ》めることになった。

それが秋《あき》も真《ま》っただなかの週末《しゅうまつ》のこと。

そして、スバルがフォークボールをそれなりに身《み》につけるまで、そこからさらに二ヶ月《げつ》の練習《れんしゅう》を要《よう》することになる。

季節《きせつ》は秋《あき》を越《こ》え、木々《きぎ》の葉《は》はすっかり落《お》ちてしまった。

吐《は》き出《だ》す息《いき》は白《しろ》く、グラウンドを取《と》り囲《かこ》む樹木《じゅもく》の寒々《さむざむ》しい姿《すがた》に、見《み》ているだけで身《み》がちぢむようになった十二月《がつ》。

期末《きまつ》テストの結果《けっか》に悲喜《ひき》こもごもとなったパワフル高校野球部員《こうこうやきゅうぶいん》たちにも冬休《ふゆやす》みがやってきた。

とはいえ、練習《れんしゅう》が休《やす》みとなったのは元日《がんじつ》と二日《ふつか》だけ。

その貴重《きちょう》な二日間《ふつかかん》の休《やす》みの二日目《ふつかめ》。

銀河《ぎんが》たちは地区内《ちくない》にある大《おお》きな神社《じんじゃ》に初詣《はつもうで》に行《い》くことになった。

その日《ひ》は、親友《しんゆう》のスバルにとって辛《つら》い一日《にち》になるのだが……。

8

年《とし》が明《あ》けた、一月《がつ》の二日《ふつか》——。

電車《でんしゃ》を乗《の》り継《つ》いで訪《おとず》れた神社《じんじゃ》は鳥居《とりい》のある入《い》り口《ぐち》で公道《こうどう》から脇《わき》にそれて、長《なが》い石段《いしだん》をのぼって参拝《さんぱい》する。

混雑《こんざつ》する元日《がんじつ》を避《さ》け、さらに朝早《あさはや》くに訪《おとず》れたために、思《おも》ったよりも人出《ひとで》は少《すく》なかった。集《あつ》まったのは銀河《ぎんが》とスバル、矢部《やべ》、宇渡《うど》、小田切《おだぎり》のいつもの五人《にん》に加《くわ》えて、どこから聞《き》きつけたのか、マネージャーの小筆《こふで》がいた。

「たまには、こういう大《おお》きなところにお参《まい》りするのも……いいですね」

小筆《こふで》がにこりとほほえんだ。吐《は》く息《いき》は白《しろ》く、頰《ほお》は長《なが》い石段《いしだん》をのぼってきたためか真《ま》っ赤《か》だ。

「みんなといっしょだと楽《たの》しいですし」

「そうだな」

手水舎《ちょうずや》で手《て》と口《くち》を清《きよ》め、本殿《ほんでん》へ。

銀河《ぎんが》たちが賽銭箱《さいせんばこ》のある拝殿前《はいでんまえ》に並《なら》んだときは、辺《あた》りには数人《すうにん》の参拝客《さんぱいきゃく》しかおらず、ゆっくりとお参《まい》りすることができた。

小銭《こぜに》を賽銭箱《さいせんばこ》へと放《ほう》り込《こ》み、お辞儀《じぎ》を二回《かい》、柏手《かしわで》を二回《かい》。

手《て》を合《あ》わせて祈《いの》る内容《ないよう》は人《ひと》それぞれだろうが、銀河《ぎんが》は昔《むかし》からひとつだけだった。

――プロ野球選手《やきゅうせんしゅ》になります。


してください、ではない。

それをかなえるために頑張《がんば》っているのであって、神様《かみさま》がかなえてくれるのならば、練習《れんしゅう》することに意味《いみ》はない……というのが銀河《ぎんが》が常々考《つねづねかんが》えていることだった。

だから、「なります」と宣言《せんげん》する。

銀河《ぎんが》が神様《かみさま》に願《ねが》うのは、邪魔《じゃま》をしてくれるな、ということだった。

――オレ、ひねくれてんのかもな……。


「おみくじ引《ひ》いてみるっす」

小田切《おだぎり》が言《い》いだして、みんなで運試《うんだめ》ししてみることになった。

結果《けっか》は、と言《い》えば。

仲間《なかま》のなかではスバルと小筆《こふで》が大吉《だいきち》で一番《いちばん》よかった。

銀河《ぎんが》はもっとも悪《わる》い末吉《すえきち》だ。

「ま、まあ、末吉《すえきち》はこれからよくなるってことだから」

「気《き》にしてないから大丈夫《だいじょうぶ》だって」

こういうのは結果《けっか》ではなくノリである。

みんなでひとつのイベントをすることに意味《いみ》があるのだ。

まったく気《き》にならないといえばウソになるが……。銀河《ぎんが》としてはこれからよくなるというのであれば問題《もんだい》ない。

「おみくじで占《うらな》える未来《みらい》って、大事《だいじ》なのは今《いま》ではなく夏《なつ》の大会《たいかい》だ。

ちょっと先《さき》までって話《はなし》もありますけど」

「ちょっと先《さき》って、どれくらい？」

「え？　ええと……分《わ》からないです、けど」

「まあ、心配《しんぱい》だったら、枝《えだ》に結《むす》んできて置《お》いてっちゃったら？」

「気《き》にしてないって」

言《い》いながらも、枝《えだ》に結《むす》んでしまう銀河《ぎんが》だった。

「じゃあ、なにか温《あたた》かいものでも飲《の》んでから帰《かえ》ろうぜ」

銀河《ぎんが》たちがふたたび長《なが》い石段《いしだん》を下《お》りようとしたときだ。

入《い》れちがうように階段《かいだん》をのぼってくるユニフォーム姿《すがた》の集団《しゅうだん》があった。それもかけ上《あ》がってくる。整然《せいぜん》と一列《れつ》になってのぼってくる一団《いちだん》を見《み》て、小筆《こふで》がつぶやいた。

「あれ……覇堂高校《はどうこうこう》のユニフォームじゃ……」

「えっ！」

おどろいて二度見《どみ》してしまう。

最後《さいご》の一段《だん》をふんで境内《けいだい》に入《はい》ってきた彼《かれ》らの胸《むね》にはたしかに「覇堂高校《はどうこうこう》」の文字《もじ》が入《はい》っていた。

「覇堂高校《はどうこうこう》……」

銀河《ぎんが》のつぶやきに先頭《せんとう》を切《き》ってのぼってきた少年《しょうねん》が顔《かお》を向《む》けてくる。

はっとなった。

その顔《かお》に見覚《みおぼ》えがある。地方新聞《ちほうしんぶん》のスポーツ欄《らん》で何度《なんど》も見《み》た顔《かお》だ。

「木場《きば》……嵐士《あらし》」

一瞬《いっしゅん》だけ目《め》が合《あ》う。

木場《きば》の後《うし》ろについていた他《ほか》の部員《ぶいん》たちも足《あし》を止《と》める。

「あれ、星井《ほしい》じゃないか？」「ほんとだ」

そんな声《こえ》が聞《き》こえてくる。

木場《きば》が近《ちか》よってきた。銀河《ぎんが》ではなく、スバルの前《まえ》までやってくると、じろじろとぶしつけな視線《しせん》を投《な》げてきた。

木場《きば》がスバルに声《こえ》をかける。

「冬休《ふゆやす》みを楽《たの》しんでんのか？　それじゃ負《ま》け犬《いぬ》だな！」

「……木場《きば》……」

「練習《れんしゅう》はどうした、練習《れんしゅう》はぁ！」

「……」

激《はげ》しい言葉《ことば》にスバルは言《い》い返《かえ》さなかった。

代《か》わりに矢部《やべ》が言《い》い返《かえ》す。

「電車《でんしゃ》を乗《の》り継《つ》いでお参《まい》りにきてるってところで、おたがい様《さま》だと思《おも》うでやんす」

「お参《まい》りをするなとは言《い》わねえ。だが、練習《れんしゅう》こそがオレたちのすべきこと！　オレたちにとっては、お参《まい》りの神社《じんじゃ》さえ練習場《れんしゅうじょう》となる！」

言葉《ことば》どおりに、長《なが》い石段《いしだん》をかけのぼってきた彼《かれ》らのユニフォームからは湯気《ゆげ》が立《た》ち上《のぼ》っている。

木場《きば》の言葉《ことば》に矢部《やべ》もそれ以上《いじょう》は言《い》い返《かえ》せない。

「まあいい。オマエが止《と》まってんなら、オレは先《さき》に行《い》かせてもらうぜ！」

そう言《い》って、木場《きば》は残《のこ》りの部員《ぶいん》たちとともに参拝所《さんぱいじょ》のほうへと立《た》ち去《さ》った。

遠《とお》ざかる背中《せなか》をスバルは黙《だま》って見《み》つめている。にぎった拳《こぶし》がわずかにふるえていることに銀河《ぎんが》は気《き》づいた。

「スバルさんは木場《きば》さんと面識《めんしき》があったっすか？」

「他《ほか》の部員《ぶいん》たちも知《し》ってたみたいだ」

小田切《おだぎり》と宇渡《うど》の言葉《ことば》に、スバルが顔《かお》をゆがめた。

全員《ぜんいん》がだまり込《こ》んでしまう。そのまま階段《かいだん》を下《お》りて神社《じんじゃ》を後《あと》にした。

「もうすぐお昼《ひる》ですけど、どうしますか？」

小筆《こふで》が言《い》った。

「あー、わるい。オレ、ちょっと午後《ごご》から用事《ようじ》ができたから家《いえ》に帰《かえ》るよ」

銀河《ぎんが》が言《い》うと、小筆《こふで》はふうとため息《いき》をついてからなにかを悟《さと》ったような顔《かお》になる。

「他《ほか》のみなさんは？」

そうたずねると、他《ほか》のみなも口々《くちぐち》に弁解《べんかい》しつつも帰《かえ》ると言《い》いだした。

「じゃあ……駅《えき》で解散《かいさん》ですね」

「ああ」

そのまま銀河《ぎんが》たちは駅《えき》で別《わか》れた。といっても、銀河《ぎんが》とスバルは家《いえ》が近《ちか》いので、帰《かえ》り道《みち》はほぼ一緒《いっしょ》なのだけど。スバルは黙《だま》ったままなにかを堪《こら》えるような顔《かお》をしていて、ひとことも口《くち》を開《ひら》かなかった。銀河《ぎんが》もあえてたずねはしなかった。

――でも、言《い》いたいことがあったら、言《い》ってくれていいんだぞ。

心《こころ》のなかでは繰《く》り返《かえ》したけれど口《くち》にはしなかった。

午後《ごご》、食事《しょくじ》を終《お》えると、銀河《ぎんが》は家《いえ》を飛《と》び出《だ》して学校《がっこう》に向《む》かった。

校舎《こうしゃ》の裏手《うらて》に広《ひろ》がる練習《れんしゅう》グラウンドに着《つ》くと、おどろいたことに他《ほか》の部員《ぶいん》も集《あつ》まっていた。

「夏野《なつの》くん、いらっしゃい。みんな始《はじ》めてますよ」

にこりと笑《え》みを浮《う》かべて小筆《こふで》が言《い》った。

「まいったなぁ。みんな考《かんが》えることは同《おな》じか。でも……ちょっと人数《にんずう》が多《おお》くないか？」

矢部《やべ》と宇渡《うど》と小田切《おだぎり》がいるのは分《わ》かるけれど、ちらほらと他《ほか》の部員《ぶいん》たちの姿《すがた》も見《み》える。

「これです」

小筆《こふで》が手《て》にしたスマホを振《ふ》っている。自分《じぶん》のスマホを取《と》り出《だ》して見《み》てみると、いつの間《ま》にかグループメッセージに小筆《こふで》からの投稿《とうこう》があった。

写真《しゃしん》が一枚《まい》。たぶん最初《さいしょ》に来《き》たのだろう宇《う》渡《ど》のランニングをしている姿《すがた》が写《うつ》っていた。

「でも、強制《きょうせい》はしてませんよ？」

たしかに写真《しゃしん》が一枚送《まいおく》られているだけだ。

コメントもなし。

「まったく……きちんと休《やす》みを取《と》ることも大切《たいせつ》なんですよ？」

呆《あき》れたような声《こえ》に振《ふ》り返《かえ》ると、大杉監督《おおすぎかんとく》が立《た》っていた。

「か、監督《かんとく》……」

「無理《むり》はさせませんからね」

「はい！」

すぐに着替《きが》えて銀河《ぎんが》もグラウンドに飛《と》び出《だ》した。

そのころには練習《れんしゅう》に来《き》ている人数《にんずう》もさらに増《ふ》えている。

けれども――陽《ひ》が暮《く》れるころになっても、スバルだけは姿《すがた》を見《み》せなかった。

セクション3・負《ま》け犬《いぬ》

1.

二年《ねん》の最後《さいご》の学期《がっき》が始《はじ》まっていた。
成人式《せいじんしき》の日《ひ》に降《ふ》ったドカ雪《ゆき》がようやく溶《と》け始《はじ》めたその日《ひ》。
銀河《ぎんが》は学校《がっこう》からの帰《かえ》りに、ＤＶＤのレンタルショップに寄《よ》ることにする。
店《みせ》に入《はい》ると見知《みし》った客《きゃく》がいた。
スバルだ。
そういえば、スバルも腕《うで》が重《おも》いというので、銀河《ぎんが》よりさらに早《はや》く練習《れんしゅう》をあがったのだ。
「あれ、銀河《ぎんが》も？　だいじょうぶ？」

「ちょっと脚《あし》が重《おも》くてさ。でも、ちょっと休《やす》めば治《なお》るよ」

高校《こうこう》の部活《ぶかつ》においても体調管理《たいちょうかんり》が以前《いぜん》よりも重視《じゅうし》されるようになり、パワフル高校《こうこう》も他《た》校《こう》の例《れい》に漏《も》れず最近《さいきん》では週《しゅう》に一日《にち》は休養日《きゅうようび》があるのだが、それだけでなく、部員《ぶいん》ごとにも体《からだ》の疲労《ひろう》に合《あ》わせて過度《かど》の練習《れんしゅう》は禁《きん》じられていた。

大杉監督《おおすぎかんとく》に言《い》わせると、「練習《れんしゅう》をしたいと願《ねが》うのはキミたちであるべきで、監督《かんとく》の仕事《しごと》の半分《はんぶん》はそれをやり過《す》ぎないよう止《と》めることなんですよ」だ、そうだ。

「それよりスバルも映画《えいが》か？」

「ボクは音楽《おんがく》でも聞《き》こうと思《おも》って」

「クラシック、か……」

そちら方面《ほうめん》にはさっぱりな銀河《ぎんが》なので、スバルの掲《かか》げたCDが有名《ゆうめい》なものかどうかさえ分《わ》からない。ホルストの「惑星《わくせい》」だよ？　と言《い》われてもなんのことやら。

でもなんとなくスバルには似合《にあ》っている気《き》がする。

「そう言《い》うってことは、銀河《ぎんが》は映画《えいが》を？」

「まあね」と言《い》いながら銀河《ぎんが》は店《みせ》の奥《おく》のほう、映画《えいが》のコーナーへと向《む》かう。スバルはふたたびＣＤ選《えら》びに戻《もど》ったようだ。

銀《ぎん》河《が》が借《か》りるのはスパイ物《もの》や戦《せん》記《き》物《もの》、ミステリーなどが多《おお》い。適《てき》当《とう》に抜《ぬ》き出《だ》してレジまで持《も》って行《い》くと、ちょうどスバルもＣＤを選《えら》び終《お》わったところだった。

銀《ぎん》河《が》の借《か》りた映《えい》画《が》を見《み》て、「キミらしいね」と言《い》った。

ふたりしてレンタルの会《かい》計《けい》を済《す》ませる。

店《みせ》から出《で》るときに、ためらいつつもスバルが言《い》いだした。

「少《すこ》し、話《はなし》、いいかな」

「もちろん」

銀《ぎん》河《が》はうなずきながらも、内《ない》心《しん》に小《ちい》さな予《よ》感《かん》があった。

あの初《はつ》詣《もうで》に行《い》った日《ひ》の午《ご》後《ご》、スバルは練《れん》習《しゅう》に顔《かお》を出《だ》さなかった。

強《きょう》制《せい》ではなかったから、そのことを責《せ》めているわけではない。ただ、「らしくないな」と思《おも》った。

次《つぎ》の日《ひ》の練《れん》習《しゅう》からはふつうに参《さん》加《か》していたし、それ以《い》上《じょう》をたずねることはなかったのだけれど……。

ふたりで、歩《ある》いて五分《ふん》の公園《こうえん》に向《む》かう。

赤《あか》と緑《みどり》の敷石《しきいし》が交互《こうご》に並《なら》ぶ商店街《しょうてんがい》の通《とお》りを抜《ぬ》けて細《ほそ》い路地《ろじ》を右《みぎ》に曲《ま》がる。

犬《いぬ》の散歩《さんぽ》お断《ことわ》りの看板《かんばん》を掲《かか》げた小《ちい》さな児童公園《じどうこうえん》があった。

砂場《すなば》の右手《みぎて》に鉄棒《てつぼう》が並《なら》び、小《ちい》さなブランコと滑《すべ》り台《だい》があるだけの敷地《しきち》の端《はし》。

錆《さび》の浮《う》いた鉄《てつ》で支《ささ》えられた、背《せ》もたれさえない木製《もくせい》のベンチに並《なら》んで腰《こし》をかけた。

「けっこう寒《さむ》いな」

動《うご》いていないと吹《ふ》きつける冷《つめ》たい風《かぜ》にむき出《だ》しの顔《かお》が痛《いた》いほどだ。手《て》もかじかんでくる。

そういえば公園《こうえん》の入《い》り口脇《ぐちわき》に自販機《じはんき》があったっけと思《おも》い出《だ》す。

「ちょっと温《あたた》かいものを買《か》ってくるよ。なにがいい？」

「お茶《ちゃ》がいいな」

「了解《りょうかい》！」

話《はなし》がある、とスバルは言《い》ったのだけれど、話《はな》しだすまで何度《なんど》もためらっていた。

「……銀河《ぎんが》には話《はな》してなかったけど、さ」

「前《まえ》の学校《がっこう》でなんかあったのか？」

びっくりした瞳《ひとみ》でスバルが顔《かお》をあげた。

それから静《しず》かにうなずく。

「キミはなんでも見抜《みぬ》いてしまうんだね」

「そんなこともないけど」

そう言《い》えばスバルは昔《むかし》から繰《く》り返《かえ》し、自分《じぶん》のことを観察力《かんさつりょく》があると言《い》っていたなと思《おも》いだす。銀河《ぎんが》としてはふつうのつもりなのだけれど。

「ボクは覇堂高校《はどうこうこう》に通《かよ》っていたんだ」

――えっ？

言《い》われた言葉《ことば》の意味《いみ》が銀河《ぎんが》の頭《あたま》に浸《し》みこむまで時間《じかん》が掛《か》かった。

「覇堂高校《はどうこうこう》って……木場嵐士《きばあらし》のあの覇堂高校《はどうこうこう》、か？」

「そう」

「野球《やきゅう》……やってたんだよな？」

スバルがうなずいた。

「ってことは……ええ!?　じゃあ、覇堂高校《はどうこうこう》の野球部員《やきゅうぶいん》だったのか」

またもスバルはうなずいた。

転校先《てんこうさき》の中学《ちゅうがく》からもっとも近《ちか》くて野球《やきゅう》の盛《さか》んだったのが覇堂高校《はどうこうこう》だった。当然《とうぜん》のようにスバルは覇堂高校《はどうこうこう》をめざし、見事《みごと》に入学《にゅうがく》する。そのまま野球部《やきゅうぶ》へと入《はい》ると、一年生《ねんせい》ながらも一軍入《ぐんい》りを果《は》たしたという。

「すごいじゃないか！」

「約束《やくそく》したじゃないか。ボクたちはプロになるって。その目標《もくひょう》に比《くら》べたら、一軍《ぐん》に入《はい》るのでさえ最初《さいしょ》の一歩《いっぽ》にすぎないよ。せめてピッチャーの一番手《ファーストチョイス》にならなくちゃね」

おごるでもなく誇《ほこ》るでもなく、スバルはたんたんとそう言《い》うのだった。

覇堂高校《はどうこうこう》にはピッチャーだけで五人《にん》もいた。
そのなかで一番手《ファーストチョイス》をめざす戦《たたか》いが始《はじ》まった。
だが、覇堂高校《はどうこうこう》にはあの男《おとこ》がいたのだ。
木場嵐士《きばあらし》――。
スバルは、たんたんと自分《じぶん》が覇堂高校《はどうこうこう》に入学《にゅうがく》してから起《お》こったことを語《かた》る。
一軍《いちぐん》に入《はい》ったボクの目《め》の前《まえ》に現《あらわ》れたのが木場《きば》だった。
同《おな》じ一年生《ねんせい》で、彼《かれ》もボクと同《おな》じポジションーー ピッチャーだ。

キミも知《し》ってるとおり、木場《きば》の投《な》げる速球《そっきゅう》は超高校級《ちょうこうこうきゅう》だ。しかも、彼《かれ》の球《たま》はバッターの手《て》もとでホップする。そんな風《ふう》に感《かん》じる。それくらい球速《きゅうそく》が落《お》ちないってことだね。

もちろんバッターとしての能力《のうりょく》も高《たか》い。投手《とうしゅ》としても打者《だしゃ》としても一流《いちりゅう》で、制球《せいきゅう》にほんの少《すこ》し難《なん》があるとはいえ、そんなことが小《ちい》さく感《かん》じるほど別格《べっかく》の存在《そんざい》だった。

木場《きば》を上回《うわまわ》らなければ、投手《とうしゅ》として一番手《ファーストチョイス》にはなれない……。練習《れんしゅう》につぐ練習《れんしゅう》をした。スライダーを覚《おぼ》えたのもこのころだったかな。球速《きゅうそく》では彼《かれ》に絶《ぜっ》対《たい》かなわないことは分《わ》かっていたからね。

ボクはね、銀河《ぎんが》。たぶん少《すこ》しばかり、うぬぼれていたんだと思《おも》う。中学《ちゅうがく》までは、ボクは自分《じぶん》がそれなりの投手《とうしゅ》だと信《しん》じていた。ボクは常《つね》に一番手《ファーストチョイス》で、監督《かんとく》からもみんなからもそう扱《あつか》われていた。

でも、高校《こうこう》にはあいつ——木場嵐士《きばあらし》がいたんだ。苦《くる》しかった。

どんなに練習《れんしゅう》しても、彼《かれ》は常《つね》にボクよりも高《たか》い位置《いち》にいた。高《たか》いかべのようにボクの前《まえ》にいて、彼《かれ》はボクを見下《みお》ろしていた。

心《こころ》のなかにあった自信《じしん》はあっという間《ま》に砕《くだ》け散《ち》った。

信《しん》じられるかい？　ボクは彼《かれ》といっしょに練習《れんしゅう》しているだけで、どんどん野球《やきゅう》がきらいになっていった。あんなに好《す》きだった野球《やきゅう》が。

そして――その日《ひ》、ボクは生《う》まれて初《はじ》めて練習《れんしゅう》をサボってしまったんだ。

3

「一度《いちど》休《やす》んでしまうと、もうダメだった。次《つぎ》の日《ひ》も、その次《つぎ》の日《ひ》も足《あし》は重《おも》く、練習《れんしゅう》のことを考《かんが》えるだけで気持《きも》ちが悪《わる》くなるほどで、学校《がっこう》に行《い》くことさえ辛《つら》くなった」

スバルは心《こころ》のなかに溜《た》まった毒《どく》を吐《は》き出《だ》すかのようにしゃべった。

「両親《りょうしん》にも心配《しんぱい》をかけた。野球部《やきゅうぶ》から距離《きょり》を置《お》くようになって塞《ふさ》ぎこむばかりのボクを、見《み》かねた父《ちち》と母《はは》が親《しん》せきのいるこの街《まち》への転校《てんこう》を勧《すす》めてくれたんだ。幸《さいわ》いにも編入試験《へんにゅうしけん》に合格《ごうかく》し、ボクは転校《てんこう》できることになった」

「スバル……」

「野球部《やきゅうぶ》にも一度《ど》だけ行《い》った。転校《てんこう》と退部《たいぶ》を伝《つた》えなくちゃいけなかったからね。監督《かんとく》はボクの言葉《ことば》にうなずいただけだったし、部員《ぶいん》たちはライバルが減《へ》ったことを顔《かお》に出《だ》して喜《よろこ》んでいた。帰《かえ》り際《ぎわ》の部室《ぶしつ》で偶然《ぐうぜん》に木場《きば》とすれちがった」

木場《きば》嵐士《あらし》はスバルのほうを見《み》もしなかった。

ただ、すれちがいざまぽつりと言《い》ったという。

——負《ま》け犬《いぬ》、と。

「そんなっ！」

銀河《ぎんが》は思《おも》わず叫《さけ》んでいた。同時《どうじ》に初詣《はつもうで》のことを思《おも》い出《だ》す。

冬休《ふゆやす》みを楽《たの》しんでんのか？　それじゃ負《ま》け犬《いぬ》だな！

そうだ。あのときもたしかそんなことを言《い》っていた。体《からだ》が熱《あつ》くなって怒《いか》りにふるえる。

——スバルに、あいつなんてことを！

怒《いか》りに体《からだ》をふるわせる銀河《ぎんが》を見《み》て、スバルが寂《さび》しそうにほほえむ。

「いいんだ。だって、彼《かれ》の言《い》うとおりだったんだから。ボクは——木場《きば》に負《ま》けたんだ。そしていまだに勝《か》てる気《き》がしないでいる……」

うつむきながらスバルが言《い》った。

なにか言《い》わなければならない。

今《いま》だ。今《いま》、なにかを言《い》ってやらなければ、スバルはこのまま木場《きば》の言葉《ことば》に囚《とら》われ続《つづ》けるにちがいない。だが、いったいなにを言《い》えばいい。

「けど……」

頭《あたま》のなかで言葉《ことば》がぐるぐると回《まわ》る。思《おも》いつかなかった。

だから、そのとき出《で》たのは考《かん》えた末《すえ》の言葉《ことば》というよりも、銀河《ぎんが》の心《こころ》の叫《さけ》びだった。

「それでも、スバルは、もう一度《いちど》立《た》ち上《あ》がったじゃないか！」

えっ、とおどろいた表情《ひょうじょう》をスバルが浮《う》かべる。

「そうだよ。おまえは野球《やきゅう》をやめなかっただろ！　まだだ。まだ、なにも終《お》わっちゃいない！　野球《やきゅう》だって九回《かい》まであるんだ」

銀河《ぎんが》はスバルの両肩《りょうかた》をつかむ。

「次《つぎ》に勝《か》てばいい！」

「銀河《ぎんが》……」

銀河《ぎんが》の言葉《ことば》にスバルはじっと見《み》つめ返《かえ》してくる。

「今度《こんど》はおまえだけじゃないぞ、スバル。オレたちがいる」

そう、野球《やきゅう》はひとりでやるものじゃない。

「けど……」

「策《さく》ならある！」

言《い》った瞬間《しゅんかん》は実《じつ》のところウソだった。

銀河《ぎんが》はなにも考《かんが》えついちゃいなかったのだ。

けれども、口《くち》に出《だ》したそのとき、銀河《ぎんが》の頭《あたま》のなかにはひとつの作戦《さくせん》が——覇堂高校野球《はどうこうこうやきゅう》部《ぶ》を倒《たお》すための方法《ほうほう》がぼんやりと浮《う》かび始《はじ》めた。

銀河《ぎんが》の頭《あたま》のなかにうたかたのように浮《う》かんだアイデアはゆっくりと形《かたち》になっていく。

「覇堂高校《はどうこうこう》には木場《きば》がいる。彼《かれ》の速球《そっきゅう》はたしかに大《おお》きな武器《ぶき》だ……その木場《きば》の陰《かげ》にかくれて目立《めだ》たないけど強力《きょうりょく》な打線《だせん》もいる。毎日《まいにち》のように木場《きば》の球《たま》を見慣《みな》れている奴《やつ》らだ。おそらく大津《おおつ》のストレートでは歯《は》が立《た》たない。けど——」

頭《あたま》のなかで覇堂高校《はどうこうこう》のレギュラーたちの特徴《とくちょう》を思《おも》い返《かえ》す。

捕手《ほしゅ》であり、投手《とうしゅ》の投球《とうきゅう》を組《く》み立《た》てなければならない銀河《ぎんが》の頭《あたま》には、地区《ちく》の強豪《きょうごう》たちの特徴《とくちょう》は残《のこ》らず記憶《きおく》されていた。

「覇堂高校《はどうこうこう》には変化球《へんかきゅう》に特化《とっか》した投手《とうしゅ》がいない。すきを突《つ》くならそこだ」

「変化球《へんかきゅう》……でも、ボクのスライダーていどじゃどうにもならないよ。キミだって、この前《まえ》の勝負《しょうぶ》で分《わ》かっているだろう？」

「おまえにはフォークがあるじゃないか！」

「あれは……」

二ヶ月《げつ》の練習《れんしゅう》でたしかにそれなりに投《な》げられるようになった新《あたら》しい球種《きゅうしゅ》だったが、覇堂《はどう》高校《こうこう》に通用《つうよう》するかどうかは未知数《みちすう》だった。

「あれはまだ完成形《かんせいけい》じゃない。スバル、あのフォークボールを完成《かんせい》させよう！」

「完成形《かんせいけい》じゃない？」

銀河《ぎんが》はうなずいた。

「ああ。オレは覚《おぼ》えている。小学生《しょうがくせい》だったあの日《ひ》、最後《さいご》に受《う》けたスバルのボールをオレはもう少《すこ》しで捕《と》りそこなうところだった。あのとき、スバルの投球《とうきゅう》フォームはいつものストレートを投《な》げるときとまったく同《おな》じだった」

「今《いま》も同《おな》じように投《な》げてるつもりだけど……」

銀河《ぎんが》は首《くび》を横《よこ》に振《ふ》った。

「ちがうんだ。もともとフォークとストレートはそこまで腕《うで》の振《ふ》りがちがわない。だから気《き》づきにくいんだけどさ」

けれど、と銀河《ぎんが》は続《つづ》ける。

「そもそも、あのころよりもスバルは力《ちから》が付《つ》いているだろ。ストレートの威力《いりょく》もあがっている。腕《うで》の振《ふ》りが速《はや》くなってる」

「う、うん……」

「だけど、たぶんスバルはフォークを投《な》げるときだけは、自分《じぶん》が小学生《しょうがくせい》だったときのイメージで投《な》げているんだ」

「あっ……」

「それが差《さ》になって、フォークかストレートか見分《みわ》けられてしまう。スバル、おまえのフォークボールはもっと進化《しんか》できる！　まだオレたちにはやれることがあるんだ！」

「キミは『オレたち』って言《い》ってくれるんだね……」

「あたりまえだ。いっしょに甲子園《こうしえん》をめざそうって言《い》ったろ！」

「分《わ》かった。できるかどうか分《わ》からないけれど、ボクはフォークボールを進化《しんか》させてみるよ。それで……」

「ああ。今度《こんど》こそは勝《か》つんだ。オレたちの力《ちから》で！」

公園《こうえん》でたたずむふたりの頭上《ずじょう》から雪《ゆき》がちらつき始《はじ》めていた。

4.

三月《がつ》も中旬《ちゅうじゅん》を迎《むか》えたその日《ひ》。

練習終《れんしゅうお》わりのグラウンドの片《かた》すみに、パワフル高校野球部員《こうこうやきゅうぶいん》が全員集合《ぜんいんしゅうごう》していた。

大杉監督《おおすぎかんとく》から、春休《はるやす》みに合宿《がっしゅく》を行《おこな》うと告《つ》げられる。

おおっ、とどよめく部員《ぶいん》たち。

「合宿所《がっしゅくじょ》、取《と》れたんだ、小筆《こふで》ちゃん」

「はい」

小筆《こふで》がにこりとほほえみながら答《こた》えた。

パワフル高校《こうこう》からほど近《ちか》いところにある山《やま》の上《うえ》、自然《しぜん》に包《つつ》まれた森《もり》のなかに、各校《かっこう》の運《うん》動部《どうぶ》が利用《りよう》している合宿施設《がっしゅくしせつ》がある。

だが、どの高校《こうこう》の運動部《うんどうぶ》も利用《りよう》したがっているために、なかなか使《つか》えなかった。厳《きび》しい抽選《ちゅうせん》を勝《か》ち抜《ぬ》けたのは幸先《さいさき》がいい。おかげで春休《はるやす》みは朝《あさ》から晩《ばん》まで野球漬《やきゅうづ》けで練習《れんしゅう》ができそうだ。

大杉監督《おおすぎかんとく》がひとりひとりの顔《かお》を見《み》ながら言《い》う。

「この合宿《がっしゅく》の課題《かだい》は各自《かくじ》の弱点克服《じゃくてんこくふく》と長所《ちょうしょ》をより伸《の》ばすことです。みなさんにはこれから、ひとりずつマネージャーさんに作《つく》っていただいた練習《れんしゅう》メニューを渡《わた》します」

小筆《こふで》が今度《こんど》はA4サイズの紙《かみ》に印刷《いんさつ》された練習《れんしゅう》メニューを各自《かくじ》に配《くば》って回《まわ》る。そこにはみなの長所《ちょうしょ》と短所《たんしょ》がまとめられ、異《こと》なる練習内容《れんしゅうないよう》が記《しる》されていた。

「すごいな……」

スバルがおどろいている。

「この練習《れんしゅう》メニュー作成《さくせい》には、キャプテンの夏野《なつの》くんにも協力《きょうりょく》していただきました。彼《かれ》はみなさんの長所《ちょうしょ》も短所《たんしょ》もよく見《み》ていますからね。それと――」

ちらりと大杉監督《おおすぎかんとく》が小筆《こふで》を見《み》る。

小筆《こふで》が恥《は》ずかしそうに両手《りょうて》で持《も》ったタブレットで口《くち》もとをかくした。

なるほど、全員《ぜんいん》が納得《なっとく》する。小筆《こふで》ノートだ。

マネージャーの小筆《こふで》は、持《も》ち歩《ある》いているノートやタブレットに、対戦相手《たいせんあいて》の分析《ぶんせき》から部員全員《ぶいんぜんいん》の試合記録《しあいきろく》、健康状態《けんこうじょうたい》まで記入《きにゅう》しているという噂《うわさ》だ。

「想像以上《そうぞういじょう》にハードっす」

「まあまあ。勝《か》とうと思《おも》ったら、これくらいはやらないとね」

小田切《おだぎり》を励《はげ》ますようにスバルが言《い》った。

どうやらスバルも前向《まえむ》きになってくれたようだと銀河《ぎんが》はほっとしてしまう。

合宿《がっしゅく》の日程《にってい》は十日間《とおかかん》。配《くば》られた練習《れんしゅう》メニューは別々《べつべつ》だったが、最終日《さいしゅうび》だけは全員《ぜんいん》に共通《きょうつう》だった。

「練習試合《れんしゅうじあい》……しかも、相手《あいて》は瞬鋭高校《しゅんえいこうこう》だ」

宇渡《うど》が真《ま》っ先《さき》に気《き》づいた。

「しゅ、瞬鋭《しゅんえい》でやんすか！」

ざわっと部員《ぶいん》たちにどよめきが走《はし》る。

「ああ」

銀河《ぎんが》はみなに向《む》き合《あ》うように前《まえ》に出《で》ると、顔《かお》を見回《みまわ》しながら言《い》う。

「瞬鋭《しゅんえい》はこの地区《ちく》でもベスト３に入《はい》る古豪《ここう》だ。オレたちの実力《じつりょく》を測《はか》るにはもってこいだろ？」

「いいね」

にやりとスバルが笑《え》みを浮《う》かべた。

「ボクたちの目標《もくひょう》は優勝《ゆうしょう》だ。合宿《がっしゅく》の最終日《さいしゅうび》、瞬鋭《しゅんえい》に勝《か》つことをめざそうよ」

「瞬鋭《しゅんえい》に……勝《か》つ……」

全員《ぜんいん》の瞳《ひとみ》の色《いろ》がそのとき変《か》わったのを銀河《ぎんが》は見《み》た。

それまでのぼんやりとした上手《うま》くなりたい、強《つよ》くなりたいという目標《もくひょう》に、はっきりとした具体的《ぐたいてき》な頂《いただき》が見《み》えた瞬間《しゅんかん》だった。


卒業式《そつぎょうしき》の日《ひ》。

夏《なつ》の終《お》わりから練習場《れんしゅうじょう》に姿《すがた》を見《み》せなかった三年《ねん》の先輩《せんぱい》たちがグラウンドに集《あつ》まってくる。

卒業後《そつぎょうご》の進路《しんろ》はバラバラだが、プロから声《こえ》のかかった先輩《せんぱい》はいなかった。それほど甘《あま》い世界《せかい》ではない。地区予選《ちくよせん》も突破《とっぱ》できなかった高校《こうこう》にはスカウトさえ来《こ》ない。

「でも、野球《やきゅう》は続《つづ》けるよ」

大学《だいがく》に行《い》って続《つづ》ける者《もの》。社会人《しゃかいじん》となって続《つづ》ける者《もの》。あるいはシニアの草野球《くさやきゅう》で、あるいは少年《しょうねん》たちを教《おし》える者《もの》として。

「道《みち》はひとつじゃない。オレたちはみんな野球《やきゅう》が好《す》きだからさ」

「先輩《せんぱい》……」

泣《な》いた。

銀河《ぎんが》だけではなく、ともに練習《れんしゅう》した記憶《きおく》のないスバルさえ、目《め》の端《はし》に光《ひか》るものがあった。

学校行事《がっこうぎょうじ》も次々《つぎつぎ》と終《お》わる。春休《はるやす》みになった。

春《はる》のセンバツが行《おこな》われている間《あいだ》にも、銀河《ぎんが》たちの合宿《がっしゅく》は続《つづ》いた。

陽《ひ》が、一日《にち》ごとに長《なが》くなっていく。

日々《ひび》は瞬《またた》く間《ま》に過《す》ぎていった。

5

春休《はるやす》みの合宿最終日《がっしゅくさいしゅうび》。瞬鋭高校《しゅんえいこうこう》との練習試合《れんしゅうじあい》の日《ひ》だ。

電車《でんしゃ》とバスを乗《の》り継《つ》いで一時間《じかん》と二十分《ぷん》。

銀河《ぎんが》たちがたどりついた瞬鋭《しゅんえい》の練習場《れんしゅうじょう》は、校舎《こうしゃ》から百メートルほど離《はな》れた場所《ばしょ》にある、緑《みどり》の網《あみ》で四方《しほう》を囲《かこ》まれた土《つち》のグラウンドだった。

「あれ……ぜんぶ部員《ぶいん》でやんすか！」

練習《れんしゅう》している部員《ぶいん》の数《かず》は、目《め》でざっと数《かぞ》えただけでも自分《じぶん》たちの倍《ばい》はいる。

「いらっしゃいませ！」

三人《にん》の女子生徒《じょしせいと》とふたりの男子生徒《だんしせいと》が出迎《でむか》えてくれる。

おどろくべきことに全員《ぜんいん》が瞬鋭高校《しゅんえいこうこう》のマネージャーだという。

「マネージャーが五人《にん》……」

銀河《ぎんが》たちは目《め》を丸《まる》くしてしまう。たしかに部員《ぶいん》が倍《ばい》いれば、マネージャーだってたくさん必要《ひつよう》なのだろうけど……。

「みなさん、お食事《しょくじ》は」

「済《す》ませてきました」

もう昼《ひる》を少《すこ》し回《まわ》っていて全員《ぜんいん》が食事済《しょくじず》みだ。

「では、こちらで着替《きが》えを」

そう言《い》いながらグラウンド脇《わき》の建物《たてもの》へと案内《あんない》してくれる。

「野球部専用《やきゅうぶせんよう》の更衣室《こういしつ》があるのか……」

みな、目《め》を丸《まる》くしてしまう。

聞《き》けば、瞬鋭野球部《しゅんえいやきゅうぶ》には一軍《ぐん》から三軍《ぐん》まで存在《そんざい》するという。そして試合《しあい》にスタメンで出《で》られる可能性《かのうせい》があるのは一軍《ぐん》に限《かぎ》られている。

三軍《ぐん》に振《ふ》り分《わ》けられると、基礎練習《きそれんしゅう》と一軍《ぐん》の補佐《ほさ》で三年間《ねんかん》が終《お》わることもめずらしくないという。それでも、「いつかは一軍《ぐん》に」と部《ぶ》をやめない者《もの》が半分《はんぶん》はいるとか。

さすがは古豪《こごう》として知《し》られる野球部《やきゅうぶ》だった。

「隣《となり》はシャワー室《しつ》になっていますから、試合後《しあいご》はそちらをご利用《りよう》ください」

髪《かみ》の長《なが》い女子《じょし》に言《い》われたが、銀河《ぎんが》たちはただコクコクとうなずくことしかできなかった。

自分《じぶん》たちの練習場《れんしゅうじょう》と設備《せつび》がちがいすぎる！

「私《わたし》は、あちらの監督《かんとく》にあいさつをしてきます」

大杉監督《おおすぎかんとく》が言《い》った。

「試合《しあい》は三十分後《ぷんご》からです。それまでにはグラウンドにお願《ねが》いしますね！」

マネージャーの小筆《こふで》は瞬鋭《しゅんえい》のマネージャーたちと打《う》ち合《あ》わせがあるようだ。

多少《たしょう》の気後《きおく》れを感《かん》じつつ銀河《ぎんが》は更衣室《こういしつ》の扉《とびら》を開《あ》ける。

試合相手用《しあいあいてよう》にまるまるひと部屋《へや》を貸《か》してくれたようで部屋《へや》のなかはガランとしていた。

バン！　という大《おお》きな音《おと》にびっくりする。

音《おと》のほうを見《み》れば、スバルがさっさとロッカーを開《あ》けてショルダーバッグを放《ほう》り込《こ》み、着替《きが》え始《はじ》めていた。

いつも通《どお》りの顔《かお》つきをしている。

「スバルくん……なんでそんなに平然《へいぜん》としてられるんでやんすか！」

「えっ？」

矢部《やべ》に言《い》われてから初《はじ》めてスバルは部屋《へや》のなかをぐるりと見回《みまわ》した。まるで今気《いまき》づいたかのように。

「まあ、設備《せつび》で野球《やきゅう》するわけじゃないし」

「そのとおりだぞ。ほらほら！　待《ま》たせるわけにはいかないんだから、さっさと着替《きが》えろって！」

キャプテンとして銀河《ぎんが》は命《めい》じる。

もちろん自分《じぶん》が真《ま》っ先《さき》に行動《こうどう》しないといけない。もう頼《たよ》れる三年生《ねんせい》は卒業《そつぎょう》してしまったのだから。

三塁側《るいがわ》にあるベンチに手荷物《てにもつ》を置《お》いたときに、切《き》れのある金属音《きんぞくおん》が聞《き》こえた。

金属《きんぞく》バットでボールを打《う》つ音《おと》。

見《み》れば、打撃練習《だげきれんしゅう》をしている瞬鋭《しゅんえい》の選手《せんしゅ》だ。高校球児《こうこうきゅうじ》にしては長《なが》い髪《かみ》、切《き》れ長《なが》の瞳《ひとみ》をしたヤツで、バットを振《ふ》るたびに強烈《きょうれつ》な打球《だきゅう》を一塁線側《るいせんがわ》から三塁線側《るいせんがわ》まで打《う》ち分《わ》けている。

いわゆる広角打法《こうかくだほう》だ。三本《ぼん》に一本《ぼん》は長打《ちょうだ》コースを放《はな》っていた。

左打《ひだりう》ちの強打者《きょうだしゃ》……ってことは。

「彼《かれ》が才賀侑人《さいがゆうと》くんだね」

スバルが耳打《みみう》ちしてくる。

「あれが……」

「彼《かれ》は、中学《ちゅうがく》で木場《きば》とチームメイトで、でも、彼《かれ》は木場《きば》がいるから覇堂高校《はどうこうこう》には行《い》かなかった……」

「ああ……そうだったな」

「……中学時代《ちゅうがくじだい》、才賀《さいが》くんは打撃《だげき》の成績《せいせき》で木場《きば》に勝《か》てなかったんだよ」

思《おも》わず銀河《ぎんが》は打撃練習《だげきれんしゅう》をしている才賀《さいが》を二度見《どみ》してしまった。

対戦相手《たいせんあいて》の、選手《せんしゅ》としての情報《じょうほう》は頭《あたま》に叩《たた》き込《こ》んでいるつもりの銀河《ぎんが》だが、そういったプライベートに関《かん》することまではよくは知《し》らなかった。

思《おも》い切《き》りがよく、シャープなバットの振《ふ》り、狙《ねら》い球《だま》を逃《のが》さない選球眼《せんきゅうがん》。当《あ》てた打球《だきゅう》は強《つよ》く、たとえ内野《ないや》ゴロでも、少《すこ》しでも野手《やしゅ》の初動《しょどう》が遅《おそ》いとグラブの先《さき》をかすめて外野《がいや》に抜《ぬ》けてしまう。

強打者《きょうだしゃ》として知《し》られているのも分《わ》かる気《き》がする。

それなのに——木場《きば》に、しかもバッティングで負《ま》けたのか!

「彼《かれ》は、もう一度《いちど》木場《きば》と戦《たたか》うためにあえて瞬鋭《しゅんえい》を選《えら》んだんだ」

「戦《たたか》うために……」

スバルがそれを知《し》っているのは木場《きば》と同《おな》じ学校《がっこう》だったからだろうか……。

打撃練習《だげきれんしゅう》を終《お》えた才賀《さいが》がちらりと銀河《ぎんが》たちのほうを見《み》た。

バットを抱《かか》えたまま近《ちか》づいてくる。

——お、オレのほうに?

ちがった。

「星井《ほしい》……スバルか？」

スバルがこくりとうなずく。

「聞《き》いている。オマエは、あの木場《きば》を空振《からぶ》りさせたそうだな……」

おどろいたのは銀河《ぎんが》だ。

木場《きば》を、空振《からぶ》り！　そんなことが……。

スバルがため息《いき》をついた。

「一度《ど》だけね。一回《かい》だけ。それにあのときは……いや、たいしたことじゃないよ」

「たいしたことじゃないのか？」

「まあね」

「では気《き》にしないでおこう」

「いや、そこは謙遜《けんそん》って気《き》づくとこでやんすよ！」

脇《わき》で聞《き》いていた矢部《やべ》が思《おも》わず突《つ》っ込《こ》んだ。

「む？　そうなのか」

そこで才賀《さいが》は矢部《やべ》に初《はじ》めて目《め》を向《む》けた。

——こいつ、目的《もくてき》のものしか見《み》えなくなって空気《くうき》を読《よ》まないタイプか!?

「警戒《けいかい》しないでくれたほうがボクはありがたいけど」

苦笑《くしょう》を浮《う》かべつつスバルが言《い》った。

「そうか。まあ、戦《たたか》ってみれば分《わ》かることだ」

そう言《い》って一塁側《るいがわ》のベンチへと戻《もど》っていった。

「なんなんっすか、あいつは！」

小田切《おだぎり》が怒《おこ》っている。

「こっちこそ気《き》にしないで行《い》こうぜ！　みんな。合宿《がっしゅく》の成果《せいか》を見《み》せてやろう！」

おう、と仲間《なかま》たちの声《こえ》が返《かえ》ってくる。

そうだ、オレたちだって春《はる》の地獄《じごく》の合宿《がっしゅく》を潜《くぐ》り抜《ぬ》けてきたんだ。目《め》にもの見《み》せてやろうじゃないか。

戦《たたか》う相手《あいて》の顔《かお》をにらみつけるようにして整列《せいれつ》する。

「では、これより瞬鋭高校《しゅんえいこうこう》とパワフル高校《こうこう》の練習試合《れんしゅうじあい》を始《はじ》めます」

審判《しんぱん》が宣言《せんげん》し、試合《しあい》が始《はじ》まる。

そして――。

1―2で、パワフル高校《こうこう》は負《ま》けた。

6.

散《ち》る桜《さくら》を窓《まど》から眺《なが》めている。

ガラスの向《む》こうで舞《ま》う花《はな》びらは右《みぎ》に左《ひだり》にくるりくるりと旋回《せんかい》しながら地面《じめん》へと落《お》ちる。

それから風《かぜ》にさらわれて、一度《いちど》だけひゅるりと浮《う》き上《あ》がってからようやく静《しず》かになった。

――才賀侑人《さいがゆうと》、か……。

春《はる》うららの眠《ねむ》けと倦怠感《けんたいかん》とに、授業《じゅぎょう》を放《ほう》り出《だ》して頬杖《ほおづえ》をついて窓《まど》の外《そと》を眺《なが》めていた銀河《ぎんが》の脳裏《のうり》に、練習試合《れんしゅうじあい》のすべてが一気《いっき》に蘇《よみがえ》ってくる。

ひとこまずつ、銀河《ぎんが》は才賀《さいが》のバッティングを細切《こまぎ》れにして思《おも》い返《かえ》した。

三打席目《だせきめ》まではまずまずだったと思《おも》う。

才賀《さいが》の顔《かお》には「こんなはずでは」ととまどう表情《ひょうじょう》がたしかに浮《う》かんでいたのだ。

パワフル高校《こうこう》のレギュラー投手《とうしゅ》は三人《にん》。

速球派《そっきゅうは》の大津《おおつ》と変化球《へんかきゅう》の藤村《ふじむら》、そして制球力《せいきゅうりょく》に優《まさ》る星井《ほしい》スバルだ。

その三人《にん》で3イニングずつ投《な》げた。もとより練習試合《れんしゅうじあい》だ。合宿《がっしゅく》の成果《せいか》を試《ため》すための場《ば》であり、勝《か》ち負けよりも実力《じつりょく》を測《はか》り、公式戦《こうしきせん》へと備《そな》えるためのもの。

大津《おおつ》はあの日《ひ》、絶好調《ぜっこうちょう》だった。球速《きゅうそく》も今《いま》までで最速《さいそく》だったのではないかと銀河《ぎんが》は思《おも》う。受《う》けていた球《たま》はミット越《ご》しでも痛《いた》いほどだった。

次《つぎ》に投《な》げた藤村《ふじむら》は変化球《へんかきゅう》が主体《しゅたい》で、球速《きゅうそく》はそれほどでもない。だが、大津《おおつ》からいきなりの藤村《ふじむら》への継投《けいとう》は瞬鋭打線《しゅんえいだせん》の目《め》をくらませるには充分《じゅうぶん》だった。そしてあわてる瞬鋭《しゅんえい》のすきをついて1点《てん》をもぎとった。

七回《かい》からはスバルが投《な》げた。藤村《ふじむら》と似《に》ているスバルへの継投《けいとう》にはさほどの意外性《いがいせい》がなく、ここでようやく瞬鋭打線《しゅんえいだせん》の目《め》が慣《な》れてきた。

八回《かい》の裏《うら》。スバルは瞬鋭打線《しゅんえいだせん》に捕《つか》まった。

一死《し》二塁《るい》三塁《るい》。ヒットで同点《どうてん》。長打《ちょうだ》で逆転《ぎゃくてん》。その場面《ばめん》で、それまで毎回出塁《まいかいしゅつるい》していた才《さい》賀侑人《がゆうと》が打席《だせき》に立《た》った。

スバルの投《な》げた内角低《ないかくひく》めのスライダーに、パワーだけでなくテクニックも合《あ》わせ持《も》つ才《さい》賀《が》はバットをうまく合《あ》わせ、一塁線《るいせん》を破《やぶ》るツーベースヒットを放《はな》った。

走者一掃《そうしゃいっそう》のタイムリーだ。

逆転《ぎゃくてん》されて、スコアは1―2。

そのまま九回《かい》の表《おもて》を抑《おさ》えられ、逃《に》げ切《き》られてパワフル高校《こうこう》は負《ま》けたのだった。

――投《な》げさせる順番《じゅんばん》を間違《まちが》えたかなあ。

銀河《ぎんが》はまてまてと首《くび》を振《ふ》る。あくまで練習試合《れんしゅうじあい》だ。公式戦《こうしきせん》ではない。合宿《がっしゅく》の成果《せいか》としては充分《じゅうぶん》だった。地区《ちく》でベスト3に入《はい》るチームに惜敗《せきはい》なのだから。

だが――。

「ぜったい、あいつはそうは思《おも》ってなかったよな……」

あいつ――才賀侑人《さいがゆうと》。

試合後《しあいご》に整列《せいれつ》して礼《れい》をしたとき、才賀《さいが》の瞳《ひとみ》には失望《しつぼう》にも似《に》た色《いろ》が浮《う》かんでいた。

こんなものなのか？

まるでそう言《い》っているかのようだった。

「あいつにだけは負《ま》けたくないな……」

窓《まど》の外《そと》、春《はる》の霞《かすみ》がかったような空《そら》を見上《みあ》げつつ銀河《ぎんが》は思《おも》う。

おそらく他《ほか》の部員《ぶいん》たちも同《おな》じ気持《きも》ちのはずだ。

あの八回《かい》の裏《うら》の猛攻《もうこう》を抑《おさ》えきれなかったのが敗因《はいいん》だろう。自分《じぶん》たちのどこかにすきがあったにちがいない。よいところまで競《せ》り合《あ》ったのに。それがまた悔《くや》しくて、いつもは気弱《きよわ》な宇渡《うど》でさえ、終《お》わったあとに悔《くや》しさに唇《くちびる》を噛《か》んでいた。

敗戦《はいせん》の痛手《いたで》から立《た》ち直《なお》ると、パワフル高校野球部《こうこうやきゅうぶ》はますます練習《れんしゅう》をするようになった。

7.

地区予選《ちくよせん》は六月《がつ》の下旬《げじゅん》、平日《へいじつ》に行《おこな》われる抽選会《ちゅうせんかい》を皮切《かわき》りに始動《しどう》する。

梅雨《つゆ》のさなかで、その日《ひ》も大雨《おおあめ》のためにグラウンドはぬかるみになっていた。

しかたなく銀河《ぎんが》たちは、体育館《たいいくかん》を借《か》りて基礎体力《きそたいりょく》のトレーニングを行《おこな》っていた。

ザァァァァ、と、古《ふる》くなった体育館《たいいくかん》の屋根《やね》に当《あ》たる雨音《あまおと》を消《け》し飛《と》ばすかのように声《こえ》を張《は》り上《あ》げる。

「ぱわふるー！　ふぁい、おー！　ふぁい、おー！　ふぁい、おー！」

正面舞台上《しょうめんぶたいじょう》の演劇部員《えんげきぶいん》たちが迷惑《めいわく》そうな顔《かお》をしてから、負《ま》けじと声《こえ》を出《だ》して劇《げき》の練習《れんしゅう》を始《はじ》めたために、ちょっとしたカオスになった。

「ああ、ロミオさま、あなたはどうしてロミオなの」

「ふぁい、おー！　ふぁい、おー！」

「おお、ジュリエット。この想《おも》いをあの空《そら》に輝《かがや》く月《つき》にちかって……」

「ぱわふるー！　ふぁい、おー！」

「夜毎《よごと》に変《か》わる月《つき》になど、おちかいなさらないで……」

「ふぁい、おー！」

「ではなににちかおう」

「ぱわふるー！　ふぁい、おー！」

「ぱわふるに！」

「ろみお、ふぉい、おー！」

「「えっ!?」」

休憩《きゅうけい》になった。

大杉監督《おおすぎかんとく》と小筆《こふで》が連《つ》れ立《だ》って体育館《たいいくかん》に入《はい》ってきた。

「みんなー！　集《あつ》まってくださーい！」

小筆《こふで》の声《こえ》に全員《ぜんいん》が練習《れんしゅう》を止《と》めて、ふたりを取《と》り囲《かこ》む。

集《あつ》まった顔《かお》を見回《みまわ》してから、小筆《こふで》がやや緊張《きんちょう》した面持《おもも》ちで胸《むな》もとに抱《かか》えていたコピー用紙《ようし》を配《くば》り始《はじ》めた。

――決《き》まったのか。

受《う》け取《と》ったＡ４の紙《かみ》には、銀河《ぎんが》の予想通《よそうどお》

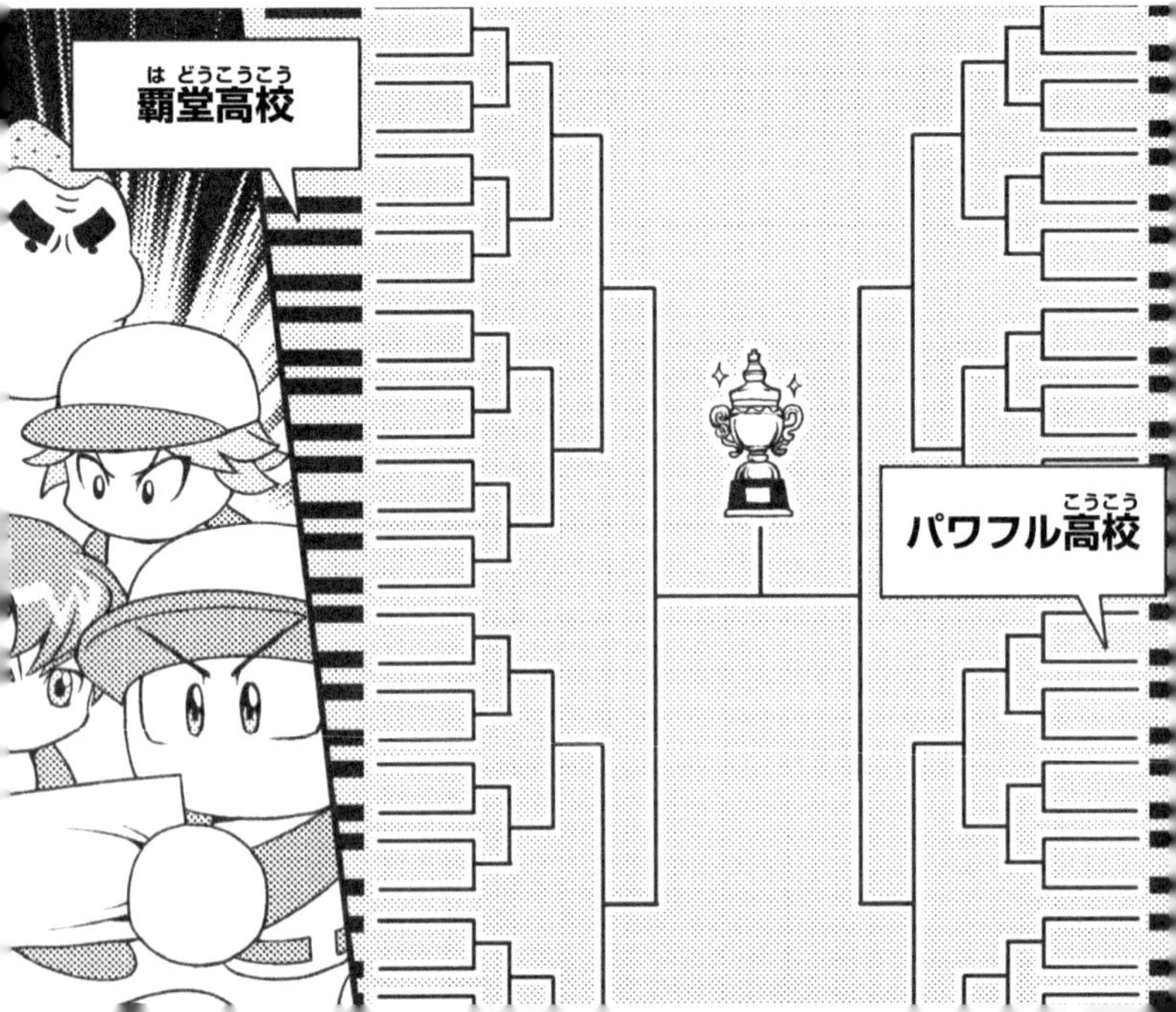

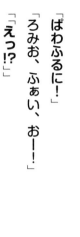

り、地区大会《ちくたいかい》の組《く》み合《あ》わせとスケジュールが印刷《いんさつ》されていた。

「反対側《はんたいがわ》のブロック……か」

スバルがほっとしたような声《こえ》で言《い》った。

彼《かれ》が真《ま》っ先《さき》に探《さが》したのは、覇堂高校《はどうこうこう》の名《な》だった。

トーナメント表《ひょう》は左右《さゆう》に分《わ》かれて印刷《いんさつ》されており、覇堂高校《はどうこうこう》は左側《ひだりがわ》に、パワフル高校《こうこう》は右側《みぎがわ》の枝《えだ》に名前《なまえ》がある。

左右《さゆう》のブロックは一度《いちど》しかぶつからない。

つまり——決勝《けっしょう》だ。

優勝候補《ゆうしょうこうほ》と最後《さいご》まで当《あ》たらないことを幸運《こううん》と思《おも》うべきかどうか……。

一方《いっぽう》で、銀河《ぎんが》が真《ま》っ先《さき》に探《さが》したのは、才賀侑人《さいがゆうと》のいる瞬鋭高校《しゅんえいこうこう》だった。

——同《おな》じブロックか。

——当《あ》たるのは……準決勝《じゅんけっしょう》だな。

「えっと……わたしたちのチームが最初《さいしょ》に戦《たたか》うのは支良州水産高校《しらすすいさんこうこう》です」

小筆《こふで》が言《い》った。

「支良州水産《しらすすいさん》……って、どんなチームだったかな？」

宇渡《うど》がぼそりと言《い》った。

「有名《ゆうめい》な選手《せんしゅ》はいなかったと思《おも》うでやんす」

「油断《ゆだん》はできないぞ」

みなの気持《きも》ちを引《ひ》き締《し》めるように銀河《ぎんが》は言《い》った。

「支良州水産《しらすすいさん》はたしかにきわ立《だ》って強《つよ》い選手《せんしゅ》はいない。でも捕手《ほしゅ》の赤原《あかはら》とかは賢《かしこ》い打者《だしゃ》だし。須々木《すずき》ってやつは、得点圏《とくてんけん》に走者《そうしゃ》がいるとき、すごく上手《うま》くバットに当《あ》ててくる。走《そう》攻守《こうしゅ》のバランスがいいタイプだな」

「こつこつ攻《せ》めてくるチームなんだね」

「ああ。ただ、ピッチングはストレート中心《ちゅうしん》で、変化球《へんかきゅう》が得意《とくい》な投手《とうしゅ》はいない。安打率《あんだりつ》は高《たか》いけど、パワーが低《ひく》いのでホームランなどは打《う》たれにくいと思《おも》う。スバルの言《い》うとおり、ヒットと脚《あし》でこつこつ点《てん》を取《と》ってくる」

「データ上《じょう》も、キャプテンの言《い》うとおりですね」

タブレットで資料《しりょう》を見《み》ながら小筆《こふで》が補足《ほそく》してくれる。

「とくに脚《あし》の速《はや》さは警戒《けいかい》すべきです。一試合《しあい》の盗塁数《とうるいすう》は地区《ちく》でも上位《じょうい》に入《はい》る高校《こうこう》なんです」

「キャッチャーにかかってる試合《しあい》っすね」

小田切《おだぎり》の言葉《ことば》にスバルがほほえむ。

「銀河《ぎんが》ならだいじょうぶだよ」

そこまで信頼《しんらい》を寄《よ》せられると悪《わる》い気《き》はしない。緊張《きんちょう》もするけど。

「オレたちの目標《もくひょう》は甲子園《こうしえん》だ。けど、手《て》を抜《ぬ》いていい試合《しあい》なんて一試合《しあい》もない。まずは目《め》の前《まえ》の敵《てき》を確実《かくじつ》に叩《たた》く！」

銀河《ぎんが》は全員《ぜんいん》の目《め》を順《じゅん》に見《み》つめながら言《い》った。

雨《あめ》がやんで、体育館《たいいくかん》の高《たか》い窓《まど》から日差《ひざ》しが差《さ》し込《こ》んでくる。

いつの間《ま》にか青空《あおぞら》が広《ひろ》がっていた。

甲子園《こうしえん》をめざす夏《なつ》が始《はじ》まる。

セクション4・甲子園《こうしえん》をかけて

1.

七月《がつ》になった。

立《た》ち上《あ》がる入道雲《にゅうどうぐも》。

空《そら》を見上《みあ》げて雲《くも》を見《み》て、夏《なつ》だなあ、と銀河《ぎんが》はいつも感《かん》じる。空気《くうき》のなかに焦《こ》げたアスファルトの匂《にお》いが混《ま》じるようになった。

支良州水産高校《しらすすいさんこうこう》とはその日《ひ》の第《だい》二試合《しあい》だった。

審判《しんぱん》の宣言《せんげん》とともに試合《しあい》が始《はじ》まる。

パワフル高校《こうこう》の先発《せんぱつ》は大津《おおつ》。

スバルは後半《こうはん》から投《な》げる予定《よてい》になっている。

事前《じぜん》の偵察通《ていさつどお》り、支良州水産高《しらすすいさんこう》は堅実《けんじつ》さを絵《え》に描《か》いたような野球《やきゅう》をしてきた。

ボール球《だま》に釣《つ》られることなく、できる限《かぎ》り相手投手《あいてとうしゅ》の球数《たまかず》を増《ふ》やし、四球《フォアボール》を選《えら》んで塁《るい》に出《で》ると、脚《あし》を使《つか》ってかきまわそうとしてきた。

だが、パワフル高校《こうこう》も相手《あいて》のことはよく研究《けんきゅう》していたから焦《あせ》ることはなかった。

守備《しゅび》を終《お》えてベンチに戻《もど》った銀河《ぎんが》にスバルが声《こえ》をかけてくる。

「絶好調《ぜっこうちょう》だね」

「よせやい」

盗塁《とうるい》を防《ふせ》いだ銀河《ぎんが》のプレイを言《い》っているのだろうが誉《ほ》めすぎだ。

だが、隣《となり》にいる小筆《こふで》まで紅潮《こうちょう》した顔《かお》で言《い》ってくる。

「星井《ほしい》くんの言《い》うとおりです。これで、もう盗塁阻止《とうるいそし》を三つです！」

「やっぱり、キャプテンの肩《かた》はすごいっす！」

「小田切《おだぎり》までなにを言《い》ってるんだよ。それより、こっちも点《てん》を取《と》らないと勝《か》てないんだぞ」

言《い》っているその回《かい》に矢部《やべ》が塁《るい》に出《で》た。

ヒットが続《つづ》いて、矢部《やべ》がホームへと生還《せいかん》し、1点《てん》を取《と》ってリードする。

だが、五回《かい》の裏《うら》、こつこつと当《あ》てにきていた支良州水産《しらすすいさん》の打線《だせん》がついに大津《おおつ》を捉《とら》えた。

三番打者《ばんだしゃ》が二塁打《るいだ》を放《はな》って、一死《し》、二塁《るい》三塁《るい》のピンチになったのだ。

キャッチャーの銀河《ぎんが》はやむなく立《た》ち上《あ》がる。四番《ばん》を敬遠《けいえん》し、満塁策《まんるいさく》を取《と》った。

支良州水産高校《しらすすいさんこうこう》に長打《ちょうだ》はない、と見極《みきわ》めた末《すえ》の判断《はんだん》だった。

そして、ここで大杉監督《おおすぎかんとく》が選手《せんしゅ》の交代《こうたい》を告《つ》げる。

大津《おおつ》に代《か》えて、星井《ほしい》スバル。

2

大《おお》きく深呼吸《しんこきゅう》してから、マウンドへとやってきたスバルに、大津《おおつ》はボールを託《たく》した。

「……頼《たの》むぜ」

「分《わ》かった！」

スバルがうなずく。

そのまま大津《おおつ》は背中《せなか》を向《む》けてマウンドを降《お》りた。交代《こうたい》のとき、ベンチへと帰《かえ》っていく選《せん》手《しゅ》の背中《せなか》はいつも少《すこ》し寂《さび》しそうだ。

首《くび》を振《ふ》って銀河《ぎんが》は感傷《かんしょう》を振《ふ》り払《はら》う。

「スバル……抑《おさ》えるぞ」

「うん」

「初球《しょきゅう》は気《き》をつけろ。けど、あまり緊張《きんちょう》はするな」

銀河《ぎんが》の矛盾《むじゅん》した言葉《ことば》に、スバルが苦笑《くしょう》する。

「むずかしいことを言《い》うね。……でも、だいじょうぶ。やるよ」

マウンドを降《お》りた銀河《ぎんが》は、すれちがいざまに打者《だしゃ》の様子《ようす》をうかがいながら、キャッチャーボックスで腰《こし》を落《お》とした。打《う》ち気満々《きまんまん》だな、と判断《はんだん》する。

だが五番打者《ばんだしゃ》は右打《みぎう》ちだ。

これは右投《みぎな》げのスバルには有利《ゆうり》だ。右打《みぎう》ちの打者《だしゃ》は右投《みぎな》げの投手《とうしゅ》を、左打《ひだりう》ちの打者《だしゃ》は左《ひだり》投《な》げの投手《とうしゅ》を苦手《にがて》とする。投手《とうしゅ》の投《な》げる腕《うで》が自分《じぶん》の肩《かた》の外側《そとがわ》から出《で》てくるので投《な》げられた球《たま》が見《み》えづらく、とらえづらいのだ。

もちろん、そこまで見越《みこ》して左打《ひだりう》ちの四番《ばん》を敬遠《けいえん》したわけだが……。

――そして、投《な》げさせる球《たま》は……これだ！

銀河《ぎんが》がミットでかくしつつスバルへと送《おく》ったサインを見《み》て、マウンド上《じょう》のスバルが少《すこ》しだけ目《め》をみはった。

おそらく心《こころ》のなかで思《おも》っているのはこんなことだ。

――初球《しょきゅう》が大事《だいじ》だと言《い》っておいて、変化球《へんかきゅう》を投《な》げさせる気《き》!?

――だからだよ！　最初《さいしょ》に相手《あいて》をおどろかせるんだ！

目《め》と目《め》でそんな会話《かいわ》を繰《く》り広《ひろ》げる。

スバルが小《ちい》さくうなずいた。

ランナーが塁《るい》に出《で》ているから、セットアップモーションからの投球《とうきゅう》になる。

素早《すばや》い動作《どうさ》で腕《うで》を振《ふ》り、スバルが投《な》げてきた！

スライダー。

外角《がいかく》の低《ひく》めへとスバルは見事《みごと》に落《お》としてきた。

ミートのうまい打者《だしゃ》だったが、速球中心《そっきゅうちゅうしん》だった大津《おおつ》に慣《な》れていた目《め》にはいきなりの変化《へんか》球《きゅう》はむずかしかっただろう。それでもギリギリで当《あ》ててくる。

詰《つ》まった三遊間《さんゆうかん》へのゴロになった。

ショートの小田切《おだぎり》が捕球《ほきゅう》しセカンドへ。セカンドからファーストへとボールが渡《わた》った。

ダブルプレイでチェンジだ！

そのままスバルは九回《かい》までを抑《おさ》えて0―1で勝《か》った。

この試合《しあい》、銀河《ぎんが》はスバルに直球《ちょっきゅう》とスライダーの組《く》み合《あ》わせで投《な》げきらせ、特訓《とっくん》しているフォークボールを投《な》げさせなかった。


スバルには、フォークボールをその後《ご》の試合《しあい》でも投《な》げさせずに済《す》んだ。

敵《てき》は二回戦《かいせん》、三回戦《かいせん》と進《すす》むにつれて強《つよ》くなっていったが、それでも、パワフル高校《こうこう》は、勝《か》って勝《か》って、勝《か》った。

だが、大会《たいかい》が進《すす》むにつれて大津《おおつ》の投球《とうきゅう》イニングは減《へ》っていった。

それは、今大会《こんたいかい》では、どの高校《こうこう》も覇堂高校野球部《はどうこうこうやきゅうぶ》の木場嵐士《きばあらし》を最大《さいだい》の敵《てき》と見《み》て、対策《たいさく》を重《かさ》ねていたことを示《しめ》している。

木場《きば》と同《おな》じ速球投手《そっきゅうとうしゅ》である大津《おおつ》は相手《あいて》の打線《だせん》に捕《つか》まりやすく、そのために変化球投手《へんかきゅうとうしゅ》である藤村《ふじむら》やスバルへの継投《けいとう》を余儀《よぎ》なくされていた。

七月《がつ》の半《なか》ばを越《こ》え、ぐんぐん上昇《じょうしょう》していく気温《きおん》。本格的《ほんかくてき》な夏《なつ》がやってきた。

地区予選大会《ちくよせんたいかい》は終盤《しゅうばん》。

ついに準決勝《じゅんけっしょう》、あと二つ勝《か》てば甲子園《こうしえん》というところまできた。

だが、同《どう》ブロック最後《さいご》の相手《あいて》は、パワフル高校《こうこう》が春《はる》に勝《か》てなかった相手《あいて》——才賀侑人《さいがゆうと》をようする瞬鋭高校《しゅんえいこうこう》だった。

3

準決勝《じゅんけっしょう》が始《はじ》まった。

その試合《しあい》の先発投手《せんぱつとうしゅ》も大津《おおつ》だったが、早《はや》くも二回《かい》で捕《つか》まり、藤村《ふじむら》への継投《けいとう》になる。

前回《ぜんかい》はもっとも瞬鋭《しゅんえい》を抑《おさ》えることのできた藤村《ふじむら》だったが、しかし、春《はる》の合宿《がっしゅく》からもう三ヶ月《げつ》を経《へ》ている。

その間《あいだ》に瞬鋭《しゅんえい》もまた練習《れんしゅう》を積《つ》み重《かさ》ねてきており、前回《ぜんかい》よりも藤村《ふじむら》の変化球《へんかきゅう》に対《たい》しては慣《な》れてきていた。

——ここまではゼロで抑《おさ》えられたけど……。

六回《かい》の裏《うら》の瞬鋭《しゅんえい》の攻撃《こうげき》を抑《おさ》えたとき藤村《ふじむら》が疲労《ひろう》を訴《うった》えてきた。

「あと、一、二回《かい》が限度《げんど》かなって……九回《かい》までは持《も》たないと思《おも》う」

「……分《わ》かった」

正直《しょうじき》、決勝戦《けっしょうせん》までスバルは温存《おんぞん》しておきたかった。彼《かれ》も連戦《れんせん》で疲《つか》れが溜《た》まっている。

だがスコアボードはゼロの行進《こうしん》。

七回《かい》の表《おもて》のパワフル高校《こうこう》の攻撃《こうげき》は四番《ばん》の銀河《ぎんが》からだった。

ねばった末《すえ》に、一塁線《るいせん》を抜《ぬ》くヒットで塁《るい》に出《で》る。

ここで次打者《じだしゃ》が内野《ないや》ゴロを打《う》ってダブルプレイ、ノーアウト一塁《るい》がツーアウト・ランナー無《な》しになる、というのがもっとも恐《おそ》れる事態《じたい》だが……。

続《つづ》く五番《ばん》は宇渡《うど》だった。体格《たいかく》は大《おお》きいが少《すこ》し気弱《きよわ》なところがある宇渡《うど》は、打《う》てば長打《ちょうだ》が、三振《さんしん》も多《おお》いという打者《だしゃ》だ。

一塁《るい》ベース上《じょう》で銀河《ぎんが》は考《かんが》える。

――やっぱり監督《かんとく》はそのまま打《う》たせるか。

――ここが勝負《しょうぶ》だな。

金属《きんぞく》バットがボールを叩《たた》く、あの甲高《かんだか》い音《おと》が響《ひび》いた。打球《だきゅう》の行方《ゆくえ》を追《お》っていた宇渡《うど》が、一瞬《いっしゅん》ポカーンとした顔《かお》になる。

わっとスタジアムがわく。

「ホームラン!?」

宇渡《うど》が振《ふ》りぬいた一撃《いちげき》は白球《はっきゅう》をバックスクリーンまで放《ほう》り込《こ》んでいた。

「やったぞ！　やったぞ！」

宇渡《うど》が興奮《こうふん》して大声《おおごえ》で叫《さけ》びながら走《はし》り出《だ》す。

一挙《いっきょ》に2点《てん》が追加《ついか》された。

青《あお》い空《そら》に向《む》けてひときわ大《おお》きな歓声《かんせい》があがった。

さすがに地区予選《ちくよせん》も準決勝《じゅんけっしょう》まで来《く》ると観客《かんきゃく》が増《ふ》える。なによりも、地元《じもと》の商店街《しょうてんがい》のおとなたちや高校《こうこう》の先輩《せんぱい》たち、吹奏楽部《すいそうがくぶ》のブラスバンドまでがやってきていた。

その人《ひと》たちが大騒《おおさわ》ぎしている。

その後《ご》の攻撃《こうげき》は封《ふう》じられたが、パワフル高校《こうこう》はリードしたまま七回《かい》の表《おもて》を終《お》えた。

点差《てんさ》は2点《てん》。残《のこ》りは三回《かい》。七、八、九回《かい》の裏《うら》。その三回《かい》の瞬鋭《しゅんえい》の攻撃《こうげき》を抑《おさ》えればパワフル高校《こうこう》は決勝《けっしょう》に進《すす》むのだ。

「ここまで来《き》たら、絶対《ぜったい》に決勝《けっしょう》まで行《い》くぞ!」

銀河《ぎんが》たちはグラウンドへと飛《と》び出《だ》していった。

4.

マウンドに上《あ》がったスバルは、七回《かい》、八回《かい》を三者凡退《さんしゃぼんたい》に抑《おさ》えた。

しかしパワフル高校《こうこう》も、その後《ご》を無得点《むとくてん》で終《お》える。

2―0のまま、残《のこ》るは九回《かい》の裏《うら》だけ。

その九回《かい》の最初《さいしょ》のバッターに、粘《ねば》られて初《はじ》めて四球《フォアボール》を与《あた》えてしまった。制球力《せいきゅうりょく》のあるスバルだったが根負《こんま》けだった。

さらに、次《つぎ》のバッターに甘《あま》くなったスライダーを打《う》たれ、ヒットを許《ゆる》してしまう。

これで走者《そうしゃ》は一塁《るい》二塁《るい》。

銀河《ぎんが》はタイムを取《と》り、マウンド上《じょう》のスバルのもとへとかけよる。

「どこかで見《み》た光景《こうけい》になっちゃったな」

「一回戦《かいせん》のときと似《に》てるけど……問題《もんだい》はノーアウトだってことと、ここで三番《ばん》、四番《ばん》って続《つづ》くことだね」

言《い》いながらスバルが、ちらりと次《つぎ》のバッターである三番《ばん》の烏丸《からすま》を見《み》る。さらにネクスト・バッタースボックスでバットを振《ふ》っている四番《ばん》の才賀侑人《さいがゆうと》も見《み》た。

空気《くうき》を切《き》り裂《さ》くバットの音《おと》まで聞《き》こえてきそうだった。

「どうする？」

「今回《こんかい》は……敬遠《けいえん》は危険《きけん》かもな」

銀河《ぎんが》は答《こた》えた。

三塁《るい》は空《あ》いていたが、支良州水産《しらすすいさん》のときのように敬遠《けいえん》をすると四番《ばん》の才賀《さいが》に満塁《まんるい》で打順《だじゅん》が回《まわ》ってしまう。長打《ちょうだ》で同点《どうてん》、走者一掃《そうしゃいっそう》なら逆転《ぎゃくてん》だ。

これがツーアウト、せめてワンアウトならば、満塁《まんるい》にしてアウトにできる状況《じょうきょう》を増《ふ》やすのがセオリーなんだろうが……。

まだノーアウトなのだ。ダブルプレイでも終《お》わらない。

それならば三番《ばん》を相手《あいて》にして、ダブルプレイを狙《ねら》ったほうがいい。

「2点差《てんさ》があるんだ。1点《てん》までは問題《もんだい》ない。とにかくストライクゾーンぎりぎりを狙《ねら》おう。結果的《けっかてき》に四球《フォアボール》ならば仕方《しかた》ないさ」

スバルがうなずいた。

とにかくワンアウトだ。ワンアウトで一塁《るい》二塁《るい》なら、次《つぎ》の四番《ばん》を敬遠《けいえん》し、五番相手《ばんあいて》に勝負《しょうぶ》できる。銀河《ぎんが》は頭《あたま》のなかで作戦《さくせん》を組《く》み立《た》てた。

なぜかスバルがくすりと笑《わら》う。

「な、なんだよ」

「いや……楽《たの》しそうだな、って思《おも》って」

「楽《たの》しそう？」

「そう、見《み》えたよ。っと、ほら、審判《しんぱん》にそろそろ急《せ》かされそうだ」

スバルに追《お》い立《た》てられて、銀河《ぎんが》は首《くび》をひねりながらマウンドを降《お》りた。

——オレ、楽《たの》しそうだったか？

そんなはずはない。銀河《ぎんが》は今《いま》も胃《い》がキリキリと痛《いた》いほどなのだ。

キャッチャースボックスで腰《こし》を落《お》とす。

——さて……、この三番打者《ばんだしゃ》の烏丸《からすま》が苦手《にがて》としているのは……。

銀河《ぎんが》の脳《のう》が高速《こうそく》で回転《かいてん》を始《はじ》める。アドレナリンが血中《けっちゅう》をかけめぐり、頭《あたま》が沸騰《ふっとう》しそうなほど熱《ねつ》を持《も》つ。余計《よけい》な音《おと》がぜんぶ聞《き》こえなくなり、精神《せいしん》が研《と》ぎ澄《す》まされる。

スバルにサインを送《おく》り、ボールになりそうなギリギリの外角低《がいかくひく》めを要求《ようきゅう》する。打《う》たれても長打《ちょうだ》にならないように。最悪《さいあく》2点《てん》は覚悟《かくご》しよう。まだそれでも負《ま》けじゃない。

考《かん》えることは多《おお》く、心臓《しんぞう》は早鐘《はやがね》を打《う》ったようにドキドキしていた。

一球目《きゅうめ》を空振《からぶ》りさせ、ストライクを取《と》った。だが、続《つづ》く二球目《きゅうめ》と三球目《きゅうめ》のスライダーは、ボールを取《と》られてしまう。

カウント、2ボール、1ストライクだ。

そして、四球目《きゅうめ》の外角《がいかく》への速球《そっきゅう》をボールにコールされたところで銀河《ぎんが》は立《た》ち上《あ》がった。

ここで無理《むり》にストライクを取《と》りにいって打《う》たれるよりは、はっきりボールを投《な》げさせたほうがいい。烏丸《からすま》を敬遠《けいえん》し、結果的《けっかてき》に満塁策《まんるいさく》を取《と》ることになった。

「……！」

バッターボックスに入《はい》ってきた才賀侑人《さいがゆうと》がぎろりと鋭《するど》い目《め》つきで敬遠策《けいえんさく》を取《と》らせた銀《ぎん》河《が》をにらんでくる。

こんなときなのに、銀河《ぎんが》は「こいつ、ようやくオレを見《み》たな」などと考《かんが》えていた。

「オーライ、オーライ、落《お》ちついてこー！」

声《こえ》を張《は》り上《あ》げ、仲間《なかま》に状況《じょうきょう》を伝《つた》えながら、銀河《ぎんが》はキャッチャーマスクをかぶる。

腰《こし》を落《お》としながらも、そっと才賀《さいが》の顔《かお》を見《み》る。

――くそっ、落《お》ちついてやがる。

初球《しょきゅう》はボールになるスライダーだったが、これを才賀《さいが》は顔色《かおいろ》も変《か》えずに見送《みおく》った。

——さすがに引《ひ》っかからないか……。

銀河《ぎんが》は配球《はいきゅう》を素早《すばや》く組《く》み立《た》て直《なお》す。

二球目《きゅうめ》、三球目《きゅうめ》には内角《ないかく》にストレートを要求《ようきゅう》した。甘《あま》くなると危険《きけん》な配球《はいきゅう》だったが、スバルは銀河《ぎんが》の要求通《ようきゅうどお》りのコースへと投《な》げてみせた。

しかし、才賀《さいが》はこのどちらの球《たま》もバットに当《あ》ててファウルにしてくる。

——なんてやつだ！

四球目《きゅうめ》は高《たか》めの外《はず》れる球《たま》。振《ふ》らない。

カウントは、２ボール、２ストライクだ。まだピッチャー有利《ゆうり》なカウントだが……。

だが、才賀《さいが》の狙《ねら》いは分《わ》かった。ストライクよりやや球速《きゅうそく》の劣《おと》るスライダー狙《ねら》いだろう。

才賀《さいが》の表情《ひょうじょう》をうかがうと、さあ、勝負《しょうぶ》してこい。そんな顔《かお》つきをしていた。

——さて、どうしよう。狙《ねら》ってるのが分《わ》かっててスライダーは危険《きけん》すぎるが……。

マウンド上《じょう》のスバルがボールをセットする。

サインを送《おく》る。だが、スバルは銀河《ぎんが》の送《おく》るサインにことごとく首《くび》を振《ふ》る。銀河《ぎんが》は、まさ

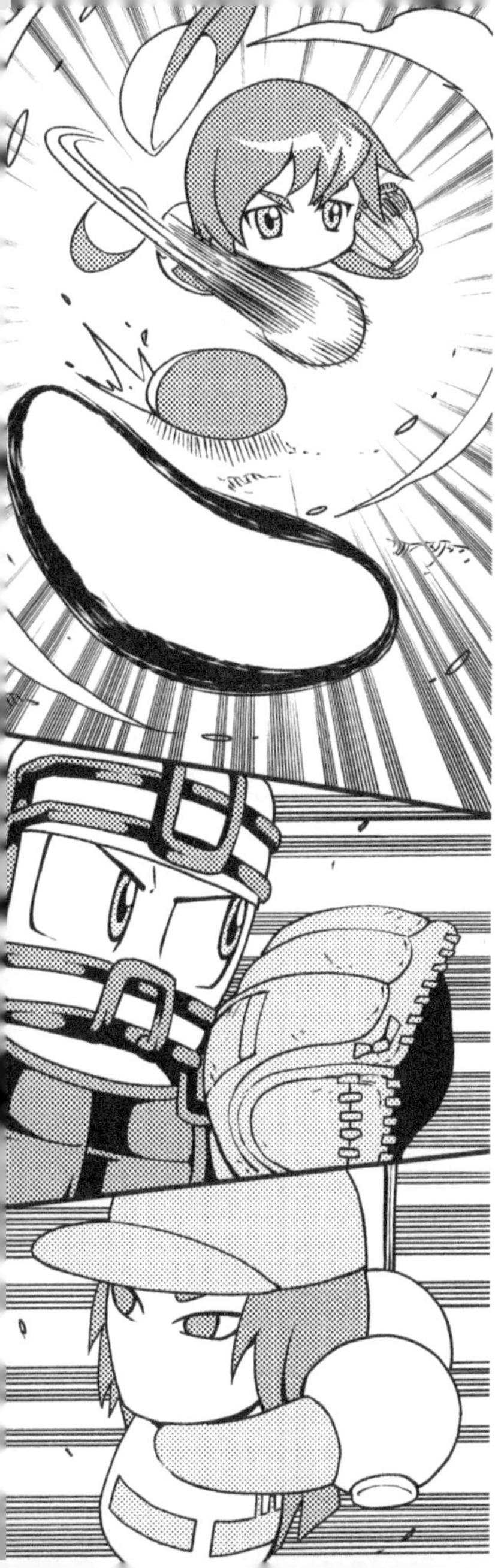

か、と思《おも》いつつ次《つぎ》のサインを送《おく》る。
ようやくうなずいた。
――ここで、「あれ」を投《な》げる気《き》か、スバル！
熱《ねっ》を帯《お》びていた頭《あたま》が一気《いっき》に冷《ひ》えた。喉《のど》の奥《おく》に空唾《からつば》を送《おく》る。
――この場面《ばめん》で、オレが捕球《ほきゅう》に失敗《しっぱい》したら……。
スバルの足《あし》が上《あ》がる。しなやかな腕《うで》が鋭《するど》く振《ふ》られ、ボールは内角《ないかく》の真《ま》ん中《なか》へ。

才賀《さいが》はストレートだと思《おも》ったのだろう。

カットしようとバットを出《だ》すが——。

白球《はっきゅう》が、曲《ま》がりながら沈《しず》んだ。

金属《きんぞく》バットが宙《ちゅう》を切《き》った。

——落《お》とすなよ、オレ！

ボールが辛《かろ》うじてミットに収《おさ》まり、乾《かわ》いた音《おと》を立《た》てる。

——捕《と》れた！

スライダーでもなく、ストレートでもなく、フォークだ。しかも、このスバルのフォークボールは曲《ま》がって落《お》ちる。ミートを狙《ねら》ったバットさえ空振《からぶ》りさせるほどだった。

スバルの必殺《ひっさつ》のフォークボールが完成《かんせい》した瞬間《しゅんかん》だった。

「**なんだ……その軌道《きどう》は……！**」

バットを振《ふ》りぬいた体勢《たいせい》のまま才賀《さいが》がうめくように言《い》った。

だがその才賀《さいが》のつぶやきを銀河《ぎんが》は聞《き》いていない。

ミットからボールを引《ひ》き剝《は》がし、腕《うで》をしならせて肩《かた》の力《ちから》だけで三塁《るい》へと投《な》げた。

飛《と》び出《だ》していた三塁走者《るいそうしゃ》があわてて塁《るい》へと戻《もど》ろうとするが、三塁手《サード》の荻野《おぎの》がボールを受《う》けたグラブで素早《すばや》くタッチ。

タッチアウトにしてから、二塁《るい》へと送《おく》った。同《おな》じように飛《と》び出《だ》していた二塁走者《るいそうしゃ》が塁間《るいかん》に挟《はさ》まれる。徐々《じょじょ》に間《あいだ》を詰《つ》められて――。

タッチアウトだ！

「やった！」

トリプルプレイが成立《せいりつ》し、無死満塁《むしまんるい》が、一瞬《いっしゅん》でゲームセットになった。

審判《しんぱん》が試合《しあい》の終了《しゅうりょう》を告《つ》げる。

観客席《かんきゃくせき》から爆発《ばくはつ》したような歓声《かんせい》があがった。

「勝《か》った……！」

グラウンド上《じょう》に散《ち》っていたチームメイトたちが銀河《ぎんが》のもとへと走《はし》ってくるのが見《み》えた。

「ストレートだと思《おも》ったが……あれは、フォーク、か……」

声《こえ》に振《ふ》り返《かえ》ると、才賀《さいが》が唇《くちびる》を歪《ゆが》めて笑《え》みを浮《う》かべていた。

「ランナーが三塁《るい》にいるというのに、危険《きけん》な賭《か》けをする……」

才賀《さいが》の言《い》い分《ぶん》は分《わ》かる。もし、キャッチャーが捕《と》りそこねて後逸《こういつ》しようものなら、その瞬間《しゅんかん》にランナーはホームへと走《はし》り込《こ》んできていただろう。

「オレはスバルの球《たま》はぜんぶ受《う》けてやるって約束《やくそく》してるんだ」

そう言《い》い返《かえ》したら、呆《あき》れたような顔《かお》をされた。

「とうてい理解《りかい》できない馬鹿《ばか》げた戦術《せんじゅつ》だ」

——バカって言《い》われた!?

「今日《きょう》はそれにやられてしまったな。オレの負《ま》けだ。認《みと》めよう。だが、次《つぎ》は勝《か》つ!」

「次《つぎ》はって……」

甲子園《こうしえん》への予選《よせん》はトーナメントだから、もう戦《たたか》うことはないのだが。それともこいつは三年生《ねんせい》だというのに秋季大会《しゅうきたいかい》に出《で》るつもりなのか？

「オマエ、名《な》はなんという？」

「……夏野《なつの》、銀河《ぎんが》だけど」

「覚《おぼ》えておく。あっちでまた会《あ》おう」

「あ、あっちって？」

——どっちだ？

「木場《きば》も行《い》くというのだから仕方《しかた》ない。アイツに勝《か》ち逃《に》げされるわけにはいかない。まあ、もうひとり、いやふたりか。勝《か》たねばならない相手《あいて》が増《ふ》えてしまったが……」

「才賀《さいが》……」

「また戦《たたか》おう、夏野銀河《なつのぎんが》。今度《こんど》は——で。次《つぎ》は勝《か》つ！」

そう言《い》って背中《せなか》を向《む》けた。

「どうしたんだい、銀河《ぎんが》？」

「あ、スバル。いや……なんでもない」

整列《せいれつ》し、たがいに礼《れい》を交《か》わすときには、泣《な》いている部員《ぶいん》たちのなかで、才賀《さいが》だけはもう切《き》り替《か》えているようだった。

黙《だま》ったまま青《あお》い空《そら》を見《み》ていた。スバルのことも、銀河《ぎんが》のことも見《み》ちゃいなかった。

彼《かれ》の目《め》にはその先《さき》の空《そら》——未来《みらい》しか見《み》えていないのだ。

その一瞬《いっしゅん》、ほんの一瞬《いっしゅん》だけだが、銀河《ぎんが》もまた、こいつの見《み》ている未来《みらい》を自分《じぶん》も見《み》てみたいと思《おも》ってしまった。

たしかに銀河《ぎんが》もスバルと遠《とお》い昔《むかし》から約束《やくそく》してはいた。子《こ》どものころからの夢《ゆめ》だったし、お参《まい》りのときに願《ねが》いもした。

けれども改《あらた》めて思《おも》うことは、その夢《ゆめ》は、そのときまでは実体《じったい》のないふわふわした想《おも》いにしか過《す》ぎなくて……。

また戦《たたか》おう、夏野銀河《なつのぎんが》。今度《こんど》はプロの世界《せかい》で。

5.

太陽《たいよう》が中天《ちゅうてん》から降《お》りてきている。

準決勝《じゅんけっしょう》だから二試合《しあい》しかなく、第《だい》二試合《しあい》の銀河《ぎんが》たちのゲームが終《お》わったときには、午後《ごご》の二時《じ》を過《す》ぎていた。

気温《きおん》がもっとも高《たか》い時間《じかん》ではあったが、そのまま銀河《ぎんが》たちはスタジアムの周《まわ》りを走《はし》っている。クールダウンのためだから、もちろん全力《ぜんりょく》ではなく、ランニングに近《ちか》い。

それでもキャプテンである銀河《ぎんが》はチームの先頭《せんとう》を走《はし》る。

「ぱわふるー！　ふぁい、おー！　ふぁい、おー！　ふぁい、おー！」

声《こえ》をあげて脚《あし》を動《うご》かした。

部員《ぶいん》たちも掛《か》け声《ごえ》をそろえる。

球場《きゅうじょう》の周《まわ》りは緑《みどり》あふれる公園《こうえん》になっており、地元《じもと》のアマチュアランナーたちのために遊歩道《ゆうほどう》がジョギングコースにもなっていた。

先頭《せんとう》の銀河《ぎんが》は、できる限《かぎ》り緑《みどり》の木陰《こかげ》を選《えら》んで走《はし》った。ここで熱中症《ねっちゅうしょう》になっては本末転倒《ほんまつてんとう》だからだ。

風《かぜ》が吹《ふ》くと、木々《きぎ》の葉《は》がさわやかな音《おと》を立《た》てて鳴《な》る。

肌《はだ》をすべって過《す》ぎてゆく空気《くうき》の流《なが》れが心地《ここち》よかった。

ふと顔《かお》をあげると、少《すこ》し先《さき》を走《はし》る大《おお》きな背中《せなか》が見《み》えた。ユニフォームを着《き》ているから、野球部員《やきゅうぶいん》だろう。

——あれ？　あのユニフォームって……まさか覇堂高校《はどうこうこう》、か？

追《お》いついた。

「って、木場嵐士《きばあらし》!」

思《おも》わず声《こえ》に出《で》た。

顔《かお》だけを振《ふ》り返《かえ》らせた木場《きば》がちらりと銀河《ぎんが》を見《み》る。

「ど、どうして……」

声《こえ》に木場《きば》が足《あし》を止《と》めた。

銀河《ぎんが》は視線《しせん》をみなに送《おく》って、先《さき》に行《い》かせた。部員《ぶいん》たちも木場《きば》に気《き》づいたが、銀河《ぎんが》の視線《しせん》にうなずきを返《かえ》すと、そのまま走《はし》っていった。

「オマエたちの試合《しあい》を見《み》たぜ!」

木場《きば》が唐突《とうとつ》に言《い》った。

銀河《ぎんが》はとまどう。少《すこ》し考《かんが》えて、先《さき》ほどの銀河《ぎんが》の「どうして?」の答《こた》えだと気《き》づいた。

「抑《おさ》えきれなくなって、少《すこ》しばかり走《はし》ることにした」

「走《はし》るって……今《いま》ごろ!?」

「ウォーミングアップにはちょうどいい!」

——どんだけ体力《たいりょく》ありあまってるんだ、こいつ!

「木場《きば》……」

声《こえ》に振《ふ》り返《かえ》ると、走《はし》っていったはずのスバルが戻《もど》ってきていた。

「星井《ほしい》スバル、どうやら、犬《いぬ》からはちったぁマシになったようだな！」

「……そう、かな」

「てっきり負《ま》けると思《おも》ってたぜ。才賀《さいが》はオマエのスライダーに狙《ねら》いを絞《しぼ》っていた。だから、直球《ちょっきゅう》をことごとくカットしていた。オマエの決《き》め球《だま》はスライダーしかねえ。いつかはそれで勝負《しょうぶ》するしかねえからな――とオレも思《おも》っていた」

木場《きば》の言葉《ことば》にスバルも銀河《ぎんが》もうなずいた。

「直球《ちょっきゅう》を徹底的《てっていてき》にカットし、スピードの落《お》ちるスライダーを待《ま》つ。あのときのオマエはストレートの腕《うで》の振《ふ》りだった。当然《とうぜん》、才賀《さいが》はカットにいく。そこであのえげつないフォークだ……」

「才賀《さいが》も同《おな》じことを言《い》ったよ」

「ああ、わくわくしたぜ！」

「わ、わくわく？」

「あそこで後逸《こういつ》でもしたら、その瞬間《しゅんかん》に三塁《るい》ランナーは生還《せいかん》する。二塁《るい》ランナーまで還《かえ》れば同点《どうてん》だった。あそこでフォークボールは、ねーな」

「まあ、そうだけど……」

「いい度胸《どきょう》だった！　犬《いぬ》から、馬《うま》か鹿《しか》レベルにまでは進歩《しんぽ》してやがる！」

——バカ（馬鹿《ばか》）って言《い》われた!?

「犬《いぬ》よりマシになったと言《い》ってるんだぜ。ここまで負《ま》けないでくれたんだからな、星井《ほしい》スバル！」

名指《なざ》しで言《い》われ、スバルが苦笑《くしょう》した。

「……ボクひとりの力《ちから》じゃないんだけどね」

「謙遜《けんそん》なんかいらねえ。どうせ、決勝戦《けっしょうせん》でもオマエが出《で》ることになる。オレたちはオレの速球《そっきゅう》で目《め》を慣《な》らしているからな。大津《おおつ》……と言《い》ったか。あの程度《ていど》の球《たま》のスピードでは、オレたちを抑《おさ》えることなど不可能《ふかのう》だ！」

——大津《おおつ》のことも調査済《ちょうさず》み、か。

「出《だ》すなら、オレを空振《からぶ》りさせたオマエだ。あの一球《きゅう》、オレを空振《からぶ》りさせたフォークの進《しん》化形《かけい》だな?」

「あのときは、たまたまだったんだけどね……」

「打《う》つのが楽《たの》しみだ!」

――打《う》てること前提《ぜんてい》なのかよ……。

なんという自信《じしん》だろうか。

「いいのか。そんなにぺらぺらしゃべって」

「問題《もんだい》ねえ。この程度《ていど》はオマエたちだって調《しら》べてきてんだろ? 眼鏡《めがね》のスコアラーが見《み》に来《き》てたのは知《し》ってるぜ」

――小筆《こふで》ちゃんのことまで!

「星井《ほしい》がそっちの学校《がっこう》でうまくいっているなら、オレがどうこう言《い》う筋合《すじあ》いじゃねえ。だが、明後日《あさって》は遠慮《えんりょ》はしない。全力《ぜんりょく》で叩《たた》きつぶさせてもらう!」

「やれるものなら……」

それはいつも控《ひか》えめなスバルにしては強気《つよき》な宣戦布告《せんせんふこく》だった。

木場《きば》が笑《わら》った。

「楽《たの》しみにしているぞ！」

そう言《い》ってから背中《せなか》を向《む》けて走《はし》っていった。

背中《せなか》が視界《しかい》から消《き》え去《さ》るまで見《み》つめていたスバルが振《ふ》り返《かえ》る。

「木場《きば》は……もしかして、ボクを心配《しんぱい》してくれていたのかな？」

「あー……」

たしかに最後《さいご》はそうも取《と》れる言葉《ことば》だったが。

「なにも考《かんが》えてなさそうにも見《み》えるけどな、あいつ。天然《てんねん》じゃないか？」

「あはは。木場《きば》のことをそんなふうに言《い》う人《ひと》を初《はじ》めて見《み》たよ」

「そうか？　ま、どっちでもいいさ。スバルはとっくに立《た》ち直《なお》ってココにいる。それが大《だい》事《じ》なんだからさ」

「うん……そうだね。そのとおりだ」

「覇堂《はどう》に勝《か》とうぜ、スバル！」

「もちろんだよ！」

スバルがほほえむ。

そのとき日差《ひざ》しが雲《くも》にかくれ、スバルの表情《ひょうじょう》に影《かげ》を落《お》とした。

にこやかに笑《わら》っているはずの顔《かお》が無理《むり》をしているかのように見《み》えてしまって、不吉《ふきつ》な予《よ》感《かん》に銀河《ぎんが》はあわてて首《くび》を振《ふ》った。


決勝戦《けっしょうせん》は中《なか》一日置《にちお》いた日曜日《にちようび》だった。

前日《ぜんじつ》は、スバルたちの練習《れんしゅう》はいわゆる「回復《かいふく》メニュー」というやつで、みな集《あつ》まってはいたが、ミーティングと軽《かる》い負荷《ふか》をかけたトレーニングだけだった。

その日《ひ》の地方紙朝刊《ちほうしちょうかん》には地区予選《ちくよせん》の結果《けっか》がのった。

ミーティングの始《はじ》まる前《まえ》に誰《だれ》かが持《も》ってきた朝刊《ちょうかん》を回《まわ》し読《よ》みする。

新聞《しんぶん》では、覇堂高校《はどうこうこう》の順当《じゅんとう》勝《が》ちを告《つ》げるとともに、古豪《こごう》の瞬鋭高校《しゅんえいこうこう》を破《やぶ》ったダークホースとして、パワフル高校《こうこう》が大《おお》きな扱《あつか》いを受《う》けていた。

とくに強打者《きょうだしゃ》・才賀侑人《さいがゆうと》を三振《さんしん》に切《き》ってとったスバルのフォークボールには関心《かんしん》が集《あつ》まってしまっている。

記事《きじ》を読《よ》んでいた銀河《ぎんが》が気《き》づいた。

「ん？　なんだこれ？　星井投手《ほしいとうしゅ》の必殺技《ひっさつわざ》は『スタードライブ』と呼《よ》ばれるフォークボール、って……いつの間《ま》にそんな名前《なまえ》が!?」

「あ、それわたしです」

「小筆《こふで》ちゃん!?」

「記者《きしゃ》さんに聞《き》かれて、つい……。星井《ほしい》くんの投《な》げるフォークだから、こんな名前《なまえ》がかっこいいかなあって……」

「か、かっこいい？　そ、そうか？」

「いやー、星《スタードライブ》が動くっすか」

「『スタードライブ』！　かっこいいでやんす」

「名前《なまえ》なんていらなかったんだけど……ちょっと恥《は》ずかしいかな」

スバルの言葉《ことば》は同意《どうい》を得《え》られなかったようだ。口々《くちぐち》にかっこいいだの、オレも必殺技《ひっさつわざ》が欲《ほ》しいだの言《い》っている。

——まあ、いいか。でも、注目《ちゅうもく》を浴《あ》びすぎちゃったかなあ。

「ほらほら。じゃあ、ミーティングを始《はじ》めるぞ」

「「おう！」」

ここまで来《き》たら絶対《ぜったい》に勝《か》ちたい。

みんなの士気《しき》は高《たか》かった。

6

翌日《よくじつ》の日曜日《にちようび》。決勝戦《けっしょうせん》は午前《ごぜん》十時《じ》始《はじ》まりだった。

空《そら》は青《あお》かったが、雲《くも》がこっそりと西《にし》の空《そら》の地平線《ちへいせん》から押《お》しよせようとしている。空気《くうき》にわずかな湿《しめ》り気《け》を感《かん》じていた。湿気《しっけ》が強《つよ》い。暑《あつ》さも相《あい》まって、少《すこ》し息苦《いきぐる》しいほどだ。

メンバー表《ひょう》の交換《こうかん》とともにジャンケンで先攻後攻《せんこうこうこう》を決《き》める。

パワフル高校《こうこう》は後攻《あとぜ》めになった。

「やはり、星井《ほしい》が来《き》たか……」

メンバー表《ひょう》を受《う》け取《と》ったとき木場《きば》がつぶやいた。

ベンチに戻《もど》り、監督《かんとく》とキャプテンの銀河《ぎんが》とで二言三言《ふたことみこと》、軽《かる》く打《う》ち合《あ》わせる。

両《りょう》チームが改《あらた》めて整列《せいれつ》した。

審判《しんぱん》の掛《か》け声《ごえ》で試合《しあい》が始《はじ》まる。

「しまっていこー！」

銀河《ぎんが》はキャッチャースボックスで腰《こし》を落《お》とすと、スバルへと一球目《きゅうめ》のサインを送《おく》る。

決勝戦《けっしょうせん》の初球《しょきゅう》だ。が、弱気《よわき》になるつもりはなかった。

サインに首《くび》をたてに振《ふ》り、ワインドアップからスバルが投《な》げる。

真《ま》ん中低《なかひく》め、覇堂高校《はどうこうこう》の一番《ばん》がわずかに息《いき》を吸《す》うのが分《わ》かった。絶好球《ぜっこうきゅう》だと思《おも》ったのだろう。振《ふ》ってきた。

だが、そこからこのボールは沈《しず》むのだ。

バットは空《くう》を切《き》り、白球《はっきゅう》は銀河《ぎんが》のミットへと吸《す》い込《こ》まれた。

「**これが……『スター……ドライブ』！**」

ちらりと銀河《ぎんが》のほうを見《み》たバッターに対《たい》して、にやりと笑《え》みを返《かえ》してやる。

小《ちい》さく息《いき》を吸《す》った一番《ばん》が今度《こんど》はスバルをにらみつける。

二球目《きゅうめ》。

まったく同《おな》じフォームで同《おな》じコースへと投《な》げられた球《たま》だったので見送《みおく》った。

だが、今度《こんど》はストレートだった。

ちっ、と一番《ばん》が小《ちい》さく舌打《したう》ちをした。今《いま》のを振《ふ》っておけば、と思《おも》ったのだろう。ここまでは銀河《ぎんが》の思惑通《おもわくどお》りである。労《ろう》せずして2ストライクへと追《お》い込《こ》んだわけだ。

さらに三球目《きゅうめ》。

今度《こんど》はフォークボール——「スタードライブ」だ。しかも、外角《がいかく》から曲《ま》がってストライクゾーンへと入《はい》ってくる。

あわてて手《て》を出《だ》したが空振《からぶ》りに終《お》わった。

「ワンアウト！　ワンアウト！」

スバルにボールを返《かえ》しながら、銀河《ぎんが》は指《ゆび》を一本立《ぽんた》てて仲間《なかま》たちに集中《しゅうちゅう》をうながした。

一回《かい》の表《おもて》は打者《だしゃ》三人《にん》にフォークボールを多《おお》めに投《な》げ、結果的《けっかてき》に三者凡退《さんしゃぼんたい》へと追《お》い込《こ》む。

三番《ばん》は好打者《こうだしゃ》で知《し》られた選手《せんしゅ》だったが、悔《くや》しそうなだけでなく、とまどったような顔《かお》をしたままバッタースボックスから退場《たいじょう》していった。

これで、スバルの「スタードライブ」は打《う》てない、と印象付《いんしょうづ》けられたはずだ。

もとより銀河《ぎんが》はスバルに変化球《へんかきゅう》を多投《たとう》させるつもりはなかった。

だが、せっかく新聞《しんぶん》にまでデカデカと宣伝《せんでん》された変化球《へんかきゅう》である。相手《あいて》に脅威《きょうい》だと思《おも》わせるだけでも効果《こうか》は充分《じゅうぶん》だ。

内心《ないしん》でほくそ笑《え》みながら銀河《ぎんが》はベンチへと戻《もど》った。

――これで二回《かい》からの組《く》み立《た》てが楽《らく》になるぞ。

そう思《おも》いながら、自分《じぶん》の打順《だじゅん》を待《ま》つ。銀河《ぎんが》は四番《ばん》だから、ひとりが塁《るい》に出《で》れば打席《だせき》が回《まわ》ってくる……はずだった。

だが、目《め》の前《まえ》で三番《ばん》のスバルが三振《さんしん》し、銀河《ぎんが》はネクスト・バッターースボックスで脱力《だつりょく》する。

「いくらなんでも早《はや》すぎないか……」

「あれは速《はや》いっす」

「いや、スピードの話《はなし》ではなくてさ」

小筆《こふで》がノートをくるりとひっくり返《かえ》して記録《きろく》を見《み》せてくる。

「三者《さんしゃ》……三振《さんしん》。しかも、各打者《かくだしゃ》三球《きゅう》ずつだって!?」

一回《かい》の裏《うら》のパワフル高校《こうこう》の攻撃《こうげき》は一瞬《いっしゅん》で終《お》わっていた。

しかも、決《き》め球《だま》はすべてストレートの豪速球《ごうそっきゅう》――「爆速《ばくそく》ストレート」だ。

――これが「爆速《ばくそく》ストレート」の威力《いりょく》か。

二回《かい》の表《おもて》になった。

覇堂高校《はどうこうこう》の打順《だじゅん》は四番《ばん》の木場《きば》からだ。木場《きば》に対《たい》しては銀河《ぎんが》はあえて「スタードライブ」ではなくスライダーと直球《ちょっきゅう》で攻《せ》めた。

決《き》め球《だま》を多投《たとう》して相手《あいて》の目《め》を慣《な》らしたくなかったのだ。

だが、さすがは木場嵐士《きばあらし》。スライダーにうまく合《あ》わされてヒットを打《う》たれてしまう。

それでも、その後《ご》の五、六、七番《ばん》を打《う》ち取《と》ることには成功《せいこう》し、木場《きば》は一塁《るい》に残塁《ざんるい》したままになった。木場以外《きばいがい》はスバルのフォークを警戒《けいかい》しすぎたせいだ。この回《かい》は一球《きゅう》もフォークボールを投《な》げさせなかったのだが……。

その裏《うら》のパワフル高校《こうこう》の攻撃《こうげき》へと移《うつ》る。

四番《ばん》の銀河《ぎんが》から。

銀河《ぎんが》は初《はじ》めてバッターボックスから木場《きば》の球《たま》を見《み》た。

大《おお》きなフォーム。長《なが》い腕《うで》を振《ふ》ってボールを放《ほう》ってくる。


――くっ！


懸命《けんめい》にバットを合《あ》わせて振《ふ》るが、ボールがミットに入《はい》ってから振《ふ》ったような気分《きぶん》だった。

それほど速《はや》い。しかも、ミットに入《はい》るときの音《おと》が重《おも》い。

ズドン、という感《かん》じだ。

「これを……オレは打《う》てるのか……？」

――打《う》てるか、じゃない。四番《ばん》のオレが打《う》てなきゃ話《はなし》にならないんだ。

とにかくまずは当《あ》てることだった。バットを心持《こころも》ち短《みじか》く持《も》つ。

二球目《きゅうめ》を辛《かろ》うじて当《あ》ててファウルにした。ほう、とマウンド上《じょう》の木場《きば》が感心《かんしん》したという視線《しせん》で見《み》てくる――くそーっ！　人《ひと》を珍獣《ちんじゅう》を見《み》るような目《め》で見《み》やがって。

三球目《きゅうめ》。内角攻《ないかくぜ》めだ。だがこれは――低《ひく》い！

「ボール！」

審判《しんぱん》がコールする。

「やっぱり、そうくるか……」

銀河《ぎんが》がスバルの「スタードライブ」を印象付《いんしょうづ》けようとしたように、覇堂高校《はどうこうこう》は木場《きば》の速球《そっきゅう》を脅威《きょうい》と感《かん》じさせようとしている。

そのための遊《あそ》び球《だま》なしの三球三振《きゅうさんしん》の山《やま》だったし、決《き》め球《だま》の「爆速《ばくそく》ストレート」だった。

一回《かい》の三球三振《きゅうさんしん》が頭《あたま》に残《のこ》っていると、三球《きゅう》で決《き》めてくると思《おも》い込《こ》みがちだ。

今《いま》のボール球《だま》を振《ふ》らされていただろう。

「来《こ》い！」

勝負《しょうぶ》の四球目《きゅうめ》。次《つぎ》こそは「爆速《ばくそく》ストレート」で仕留《しと》めに来《く》るはずだ。

外角《がいかく》ギリギリにストレート！

だが銀河《ぎんが》のバットは空《くう》を切《き》った。

「『爆速《ばくそく》ストレート』……じゃない!?」

ボール球《だま》……を、振《ふ》らされた！

——なんてヤツだ。裏《うら》の裏《うら》をかいてきた。

二回《かい》の裏《うら》のパワフル高校《こうこう》の攻撃《こうげき》も三人《にん》で終了《しゅうりょう》してしまった。

マウンド上《じょう》の木場《きば》が大《おお》きく見《み》える。

「やっぱり、手強《てごわ》いね、銀河《ぎんが》」

「ああ」

スバルの言葉《ことば》に銀河《ぎんが》もうなずかざるを得《え》なかった。


こうして試合《しあい》の前半《ぜんはん》は両《りょう》チームのエースによる息詰《いきづ》まる投手戦《とうしゅせん》になった。

二回以降《かいいこう》、スバルは速球《そっきゅう》とスライダーを中心《ちゅうしん》の投球《とうきゅう》に切《き》り替《か》えたが、初回《しょかい》の印象《いんしょう》が強《つよ》かったためか、覇堂《はどう》ナインは狙《ねら》い球《だま》を決《き》めかねているようだった。銀河《ぎんが》の思惑通《おもわくどお》りだ。

しかも、銀河《ぎんが》は必要《ひつよう》とあれば要所《ようしょ》でスバルに「スタードライブ」を投《な》げさせ、ことごとく空振《からぶ》りさせた。

一方《いっぽう》の覇堂高校《はどうこうこう》も同《おな》じように木場嵐士《きばあらし》のストレートで押《お》しまくってくる。

決《き》め球《だま》はもちろん「爆速《ばくそく》ストレート」だ。

パワフル高校《こうこう》もまたそんな木場《きば》を攻略《こうりゃく》できない。

ゼロの行進《こうしん》が続《つづ》いた。

均衡《きんこう》が破《やぶ》れたのは四回《かい》。

凡打《ぼんだ》を打《う》たせて簡単《かんたん》に覇堂高校《はどうこうこう》の攻撃《こうげき》をツーアウトまで追《お》い込《こ》んだスバルだったが、そこで打順《だじゅん》がふたたび木場《きば》にまわってきた。

一瞬《いっしゅん》、木場《きば》の打席《だせき》の前《まえ》に、スバルに声《こえ》をかけるべきかどうか。

銀河《ぎんが》はためらってしまい、そのままキャッチャースボックスに腰《こし》を落《お》としてしまった。

木場《きば》への初球《しょきゅう》。なんの工夫《くふう》もないストレートがわずかに高《たか》めにいった。

見逃《みのが》す木場《きば》ではない。

――しまった！

軽《かる》く振《ふ》ったように見《み》えたバット。抜《ぬ》けるような金属音《きんぞくおん》。ボールがまるでピンポン球《だま》のように打《う》ち返《かえ》され、青《あお》い空《そら》に白《しろ》い弧《こ》を描《えが》いた。

一塁側《るいがわ》のスタンドから大歓声《だいかんせい》がわき起《お》こる。

――ホームラン……！　やられた！

その回《かい》、集中力《しゅうちゅうりょく》を失《うしな》ったスバルは覇堂高校《はどうこうこう》の打線《だせん》に捕《つか》まり、追加点《ついかてん》も取《と》られてしまう。

２―０。

重《おも》い点差《てんさ》になった。前《まえ》の瞬鋭高校《しゅんえいこうこう》のときと逆《ぎゃく》のスコアだ。

うなだれてマウンドを降《お》りてくるスバルと、入《い》れ違《ちが》うようにしてマウンドに上《あ》がる木場《きば》。

すれちがいざまに木場《きば》がぼそりと言《い》い放《はな》つ。

「やっぱ負《ま》け犬《いぬ》だったか……」

それを聞《き》き取《と》ってしまったパワフル高校野球部員《こうこうやきゅうぶいん》たちは、木場《きば》に対《たい》して怒《いか》りを露《あらわ》にした。

銀河《ぎんが》がなだめてみなを引《ひ》っ張《ぱ》って帰《かえ》らなかったら、どうなっていたか。ベンチに帰《かえ》ってきたスバルは顔《かお》を伏《ふ》せ、うつむいていた。

そんなスバルを見《み》て部員《ぶいん》たちは改《あらた》めて木場《きば》への怒《いか》りを募《つの》らせる。

スバルは首《くび》を振《ふ》る。

「あいつの言《い》うとおりだよ……ボクは負《ま》け犬《いぬ》だ」

「でも、スバル……キミは頑張《がんば》ってるじゃないか……」

宇渡《うど》が巨体《きょたい》に似合《にあ》わない心配《しんぱい》そうな表情《ひょうじょう》で言《い》った。

スバルは顔《かお》を上《あ》げない。ぼそぼそと、過去《かこ》を語《かた》りだした。銀河《ぎんが》だけに打《う》ち明《あ》けていた転《てん》校《こう》の秘密《ひみつ》を……。

「そんなことがあったでやんすか」

矢部《やべ》も表情《ひょうじょう》を硬《かた》くしていた。

点差《てんさ》が2点《てん》。今《いま》のパワフル高校《こうこう》にとっては絶望的《ぜつぼうてき》とも言《い》える点差《てんさ》だ。

バッターが早々《そうそう》に打《う》ち取《と》られてベンチへと戻《もど》ってくる。

四回《かい》の裏《うら》、ワンアウト。

三番打者《ばんだしゃ》のスバルは、ネクスト・バッターボックスに向《む》かうが、その表情《ひょうじょう》は暗《くら》い。

――ここまで落《お》ち込《こ》むなんて！

銀河《ぎんが》は気《き》づいた。平然《へいぜん》とした顔《かお》をしていても、スバルはまだ傷《きず》ついていたのだ。

スバルも打《う》ち取《と》られ、守備《しゅび》に向《む》かう準備《じゅんび》をしようとしたときだった。

「星井《ほしい》くん、ちょっといいですか？」

いつの間《ま》にか監督《かんとく》がスバルの前《まえ》に立《た》っていた。

「監督《かんとく》……」

「星井《ほしい》くん……合宿《がっしゅく》を覚《おぼ》えていますか？　春《はる》の合宿《がっしゅく》と、それからのさらなる練習《れんしゅう》の日々《ひび》を。その練習《れんしゅう》を覇堂高校《はどうこうこう》と比《くら》べてみてください。みなさんが考《かん》え抜《ぬ》いた練習《れんしゅう》メニューは私《わたし》から見《み》ても文句《もんく》のつけようもない素晴《すば》らしいものでしたよ」

スバルは、一瞬《いっしゅん》、返《かえ》す言葉《ことば》に詰《つ》まる。

「それは……そう、ボクも思《おも》います、けど……」

「……星井《ほしい》くんは、まだ負《ま》けを受《う》け入《い》れていないんですね」

えっ、とスバルが顔《かお》を上《あ》げた。

大杉監督《おおすぎかんとく》の言葉《ことば》は周《まわ》りで聞《き》いていたみなにも、銀河《ぎんが》にさえも意外《いがい》だった。

負《ま》けを認《みと》めろなんて言《い》う監督《かんとく》がいるわけが。

いや待《ま》て、単純《たんじゅん》に認《みと》めろなんて言《い》っていない。大杉監督《おおすぎかんとく》が言《い》いたいことは……。

「負《ま》けを……受《う》け入《い》れる？」

「星井《ほしい》くん、この世界《せかい》では永遠《えいえん》に勝《か》ち続《つづ》けることなど誰《だれ》もできないんですよ。どんな国《くに》も亡《ほろ》びる。どんなに強《つよ》い王《おう》もいつかは負《ま》ける。最強《さいきょう》を誇《ほこ》った英雄《えいゆう》でさえも、最後《さいご》には『死《し》』という絶対者《ぜったいしゃ》の前《まえ》には屈《くっ》してしまう。勝《か》つことができないのです。しかし、野球《やきゅう》の世界《せかい》では負《ま》けは終《お》わりではありません」

むずかしい言葉《ことば》を並《なら》べていたが、眼鏡《めがね》の奥《おく》の大杉監督《おおすぎかんとく》の瞳《ひとみ》は、こんなときでさえ優《やさ》しくおだやかだった。

「ときには辛《つら》くて逃《に》げてしまうこともあるでしょう。それもまた一概《いちがい》に悪《わる》いことではありません。私《わたし》たちと星井《ほしい》くんはそのおかげでめぐり合《あ》ったのですから」

大杉監督《おおすぎかんとく》はぽんとスバルの肩《かた》に手《て》を置《お》いた。

「監督《かんとく》……」

「でも、逃《に》げるにせよ、立《た》ち向《む》かうにせよ、キミは負《ま》けたという事実《じじつ》から目《め》を逸《そ》らしてはいけません。受《う》け入《い》れなければ」

銀河《ぎんが》がそのときふと思《おも》い出《だ》したのは、準決勝《じゅんけっしょう》の才賀侑人《さいがゆうと》の姿《すがた》だった。

瞬鋭《しゅんえい》の部員《ぶいん》たちの誰《だれ》もがまだ泣《な》いていたなかで、才賀《さいが》だけは最後《さいご》の礼《れい》のときにはもう顔《かお》をあげていた。

空《そら》を——未来《みらい》を見《み》つめていたのだ。

「星井《ほしい》くん……、敗北《はいぼく》は最良《さいりょう》の教師《きょうし》なんですよ。学《まな》ぶことは多《おお》い」

「でも……」

スバルの言《い》いたいことも分《わ》かる。なにを学《まな》んでも勝《か》てる気《き》がしない。

それでも、なにか言《い》わなければならないと銀河《ぎんが》は思《おも》った。

「戦《たたか》ってるのは、おまえだけじゃないんだぜ、スバル！」

はっと、スバルが顔《かお》をあげる。

その顔《かお》を周《まわ》りのみなが見《み》つめていた。

「この戦《たたか》いは——」

銀河《ぎんが》の言葉《ことば》に全員《ぜんいん》で声《こえ》をそろえる。

「「「**オレたちみんなの戦《たたか》いだ！**」」」

スバルの瞳《ひとみ》からひとつぶだけ涙《なみだ》がこぼれ落《お》ちる。

「みんな……！」

銀河《ぎんが》はスバルの肩《かた》を叩《たた》いた。

「だからさ。おまえひとりで抱《かか》え込《こ》むなって。たしかにさっきの勝負《しょうぶ》は負《ま》けだ。でも、オレにはもう、覇堂高校《はどうこうこう》の攻略《こうりゃく》が見《み》えてきてるんだ」

「えっ……？」

「本当《ほんとう》っすか、キャプテン！」

意外《いがい》そうなスバルの顔《かお》。おどろいたようなみなの顔《かお》。部員《ぶいん》たちに向《む》かって銀河《ぎんが》はにやりと笑《え》みを浮《う》かべてみせた。

「「「**おおおお！**」」」

周《まわ》りがいっせいに盛《も》り上《あ》がる。

「さすがはキャプテンっす！」

「いや、オレは信《しん》じてたぜ！」

「だから、さ。もうちょっと耐《た》えてくれ。点差《てんさ》はまだたったの2点《てん》だ。まだ充分《じゅうぶん》ひっくり返《かえ》せるさ」

四回《かい》の裏《うら》も無得点《むとくてん》だった。

だが、パワフル高校野球部員《こうこうやきゅうぶいん》たちのモチベーションはふたたび炎《ほのお》となって燃《も》え上《あ》がっていたのだった。

——さて、言《い》っちまった以上《いじょう》、ほんとに攻略法《こうりゃくほう》を見《み》つけないとな……。

8

続《つづ》く五、六回《かい》の表《おもて》の覇堂高校《はどうこうこう》の攻撃《こうげき》を、銀河《ぎんが》はスバルに「スタードライブ」を使《つか》わせて、なんとか抑《おさ》えこんだ。

守備《しゅび》で耐《た》えるのは成功《せいこう》していたが、裏《うら》のパワフル高校《こうこう》の攻撃《こうげき》はまだ攻略《こうりゃく》の糸口《いとぐち》すらつかめていなかった。

銀河《ぎんが》の心《こころ》に焦《あせ》りが募《つの》る。

――落《お》ちつけ。絶対的《ぜったいてき》なチームなんてない。なにか弱点《じゃくてん》があるはずだ。

七回表《かいおもて》。覇堂高校《はどうこうこう》はふたたび木場《きば》に打順《だじゅん》が回《まわ》った。

バッターボックスに立《た》つ姿《すがた》が大《おお》きく見《み》えた。

――くそ、ここでびびるなって！

前回《ぜんかい》は初球《しょきゅう》が甘《あま》かった。

――今度《こんど》も初球狙《しょきゅうねら》いか？　いや、待《ま》て。

点差《てんさ》は2点《てん》ある。だとしたら、木場《きば》の狙《ねら》いは……。銀河《ぎんが》は頭《あたま》をフル回転《かいてん》させる。

銀河《ぎんが》はスバルに一球目《きゅうめ》、二球目《きゅうめ》にスライダーとフォーク――「スタードライブ」を投《な》げさせた。

木場《きば》はどちらもバットに当《あ》ててカットした。

――やっぱり、そうか。

変化球《へんかきゅう》はすべてカットしてストレートを待《ま》っている。

スバルのストレートには木場《きば》を空振《からぶ》りさせるほどの威力《いりょく》はないから、という理由《りゆう》もあるが、変化球《へんかきゅう》を多投《たとう》させてスバルを疲労《ひろう》させることも狙《ねら》っているわけだ。

理屈《りくつ》は分《わ》かるのだが……。

スバルの「スタードライブ」を、当《あ》てるだけだから、と言《い》って簡単《かんたん》にカットしてのけるのだから、木場《きば》はやはりすごかった。

カウントは0ボール、2ストライク。

ピッチャーに有利《ゆうり》なはずのカウントだが、ぜんぜん安心《あんしん》できない。

——けど、ここでスバルの球数《たまかず》を増《ふ》やしたくない。

銀河《ぎんが》はサインを送《おく》る。スバルがうなずいた。

三球目《きゅうめ》。

「むっ！」

木場《きば》が小《ちい》さくうなった。そのままバットを振《ふ》る。

スバルの投《な》げた球《たま》が沈《しず》みこむ。フォークだ。木場《きば》は懸命《けんめい》に当《あ》てにいったがカットしきれず、ボールは一塁側《るいがわ》のファウルゾーンに高《たか》くあがった。

一塁《るい》の宇渡《うど》がなんなくグラブに収《おさ》める。

アウトだ。

「今《いま》の球《たま》は……あのときの……」

振《ふ》り向《む》いた木場《きば》がぎろりと銀河《ぎんが》をにらむが、敵《てき》に種明《たねあ》かしをするつもりはない。涼《すず》しい顔《かお》でキャッチャースボックスに腰《こし》を落《お》とした。

七回《かい》の表《おもて》はこうしてなんとかゼロに抑《おさ》えたのだった。

マウンドを降《お》りてきたスバルとともにベンチへと帰《かえ》る。

「うまくいったね……」

「ああ」

「まさか彼《かれ》も、同《おな》じ球《たま》を二度《ど》も打《う》てずに終《お》わるとは思《おも》わなかっただろうな」

「それだけ『スタードライブ』がある意味《いみ》、完成《かんせい》してたってことさ」

手品《てじな》の種《たね》は単純《たんじゅん》だ。

スバルが三球目《きゅうめ》に投《な》げたのは、完成する前の「スタードライブ」だったのである。

覇堂高校野球部《はどうこうこうやきゅうぶ》に在籍時《ざいせきじ》、ただ一度《ど》、スバルが木場《きば》を空振《からぶ》りさせたというボールだ。

分《わ》かっていれば一度《ど》見《み》ている球種《きゅうしゅ》である。ヒットにできたかもしれない。しかし、完成《かんせい》させた「スタードライブ」に慣《な》れていた木場《きば》のタイミングは外《はず》れた。

それでも当《あ》ててきた。

同《おな》じ手《て》は二度《ど》は使《つか》えないだろう。

9

七回《かい》の裏《うら》になった。
五、六回《かい》で、味方《みかた》の攻撃《こうげき》を見《み》ていた銀河《ぎんが》には、ひとつ気《き》になることがあった。
ひとり、またひとり木場《きば》の豪速球《ごうそっきゅう》に空振《からぶ》り三振《さんしん》にされていく。

「今《いま》のは『爆速《ばくそく》ストレート』じゃなかったのにな……」

決《き》め球《だま》ではなくとも、木場《きば》のストレートはコンスタントに１４０キロを超《こ》える。

充分《じゅうぶん》に三振《さんしん》を取《と》れるストレートなのだ。

——だったとしても……。

「……小筆《こふで》ちゃん、木場《きば》の記録《きろく》ってすぐに見《み》られる？」

「はい」

返事《へんじ》と同時《どうじ》にスコアブックを差《さ》し出《だ》してきた。

木場《きば》のこの試合《しあい》の記録《きろく》と、地区大会《ちくたいかい》の全記録《ぜんきろく》だ。それらを素早《すばや》く見《み》てとる。

「なにか分《わ》かったでやんすか？」

「うん。この記録《きろく》をよく見《み》ると、木場《きば》は『爆速《ばくそく》ストレート』を一試合《しあい》で十球《きゅう》までしか投《な》げていないんだ」

「おや、意外《いがい》と少《すく》ないでやんすね」

「ああ。たぶん、あれだけの渾身《こんしん》のストレートは肩《かた》に負担《ふたん》なんだと思《おも》う」

「今日《きょう》はどれくらい投《な》げてるんでやんす？」

「小筆《こふで》ちゃんの記録《きろく》だと……もう六球《きゅう》」

「つまり、この試合《しあい》はあと四球《きゅう》……。でも、もう七回《かい》っすよ！」

「分《わ》かっているさ。けど……」

その言葉《ことば》にうなずきつつも、銀河《ぎんが》は作戦《さくせん》を考《かんが》え……。

——ん？　『七回《かい》っす』？　『やんす』じゃなくて？

あわてて振《ふ》り向《む》くと……。

「……って小田切《おだぎり》かよ！　こんなときにモノマネとかまぎらわしいんだよ！」

「いやあ、あまりにシリアスだったから、雰囲気《ふんいき》を和《やわ》らげようと思《おも》ったっす！」

「今《いま》はシリアスでいいんだよ！」

——まったく……。たしかに残《のこ》り攻撃回数《こうげきかいすう》は少《すく》ない、けど！

「……『爆速《ばくそく》ストレート』は木場《きば》の決《き》め球《だま》だ。２ストライク後《ご》に投《な》げてくる可能性《かのうせい》が高《たか》いはず。よし、狙《ねら》いを『爆速《ばくそく》ストレート』に絞《しぼ》ろう！　とにかくファウルでいいから当《あ》てるんだ！」

「一球《きゅう》でも多《おお》く投《な》げさせるわけだね」

「十球以上《きゅういじょう》は、木場《きば》にとっても未知《みち》の領域《りょういき》のはずだ。そこまで持《も》ち込《こ》めれば……」

「少《すく》なくともコントロールが鈍《にぶ》る可能性《かのうせい》はあるね」

スバルも賛成《さんせい》だと言《い》った。

パワフル高校《こうこう》も大津《おおつ》のストレートで練習《れんしゅう》してきたのだ。ヒットを狙《ねら》うのはむずかしかったが、当《あ》てるだけならば……。

さっそく全員《ぜんいん》に作戦《さくせん》を伝《つた》える。

七回《かい》の攻撃《こうげき》も三人《にん》で終《お》わったが、続《つづ》く八回《かい》の裏《うら》は、２ストライク後《ご》の「爆速《ばくそく》ストレート」を狙《ねら》うという目的《もくてき》を徹底《てってい》させた。

そのかいがあって、さらにふたりがねばって四球《ファアボール》で出塁《しゅつるい》したために、八回《かい》の裏《うら》にパワフル高校《こうこう》は木場《きば》に「爆速《ばくそく》ストレート」を四回《かい》投《な》げさせることに成功《せいこう》した。

「これで、もう『爆速《ばくそく》ストレート』はないぞ！」

九回《かい》の表《おもて》を抑《おさ》えこみ、その裏《うら》、最後《さいご》の攻撃《こうげき》になった。

10

打順《だじゅん》は九番《ばん》からだった。

この試合《しあい》、先発《せんぱつ》だったスバルは三番《ばん》に入《はい》っており、九番《ばん》は今泉《いまいずみ》だった。

今泉《いまいずみ》は粘《ねば》りに粘《ねば》って四球《フォアボール》を得《え》る。

パワフル高校《こうこう》のベンチは一気《いっき》に盛《も》り上《あ》がった。監督《かんとく》の指示《しじ》で今日《きょう》は控《ひか》えに回《まわ》っていた小田切《おだぎり》が代打《だいだ》で打席《だせき》に立《た》った。

「オレに出番《でばん》が回《まわ》ってくるとはな……オマエたちも運《うん》がねぇぞ！」

いつもとがらっとちがう口調《くちょう》なのが分《わ》かったのはパワフル高校部員《こうこうぶいん》だけだったろう。

小田切《おだぎり》は、バットを長《なが》く持《も》ち、余裕《よゆう》の表情《ひょうじょう》で打席《だせき》に立《た》った。

――あれって、もしかして瞬鋭《しゅんえい》の烏丸《からすま》のマネか!?

キャッチャーが立《た》ち上《あ》がってマウンドの木場《きば》のもとへと行《い》った。なにごとか話《はな》し合《あ》

っている。同《おな》じ捕手《ほしゅ》である銀河《ぎんが》には会話《かいわ》の内容《ないよう》が推測《すいそく》できた。

――長打《ちょうだ》を警戒《けいかい》しているんだな……。

たしかに警戒《けいかい》するのも分《わ》かるが、小田切《おだぎり》だぞ、と銀河《ぎんが》は思《おも》う。いや、それだけ彼《かれ》が強打《きょうだ》者《しゃ》っぽく見《み》えているということだろう。

「勝負《しょうぶ》……っす！」

木場《きば》がセットポジションに入《はい》る。

初球《しょきゅう》、警戒《けいかい》して外角《がいかく》へと逃《に》げるボールを投《な》げた。

このボールに小田切《おだぎり》は体《からだ》を投《な》げ出《だ》すようにして飛《と》びつく。バントだ！

送《おく》りバント成功《せいこう》！

小田切《おだぎり》に引《ひ》っかけられた木場《きば》が悔《くや》しそうににらみつける。

「やったっす！」

笑《え》みを浮《う》かべて小田切《おだぎり》が戻《もど》ってくる。仲間《なかま》たちに手荒《てあら》い祝福《しゅくふく》をされていた。

ワンアウト、走者《そうしゃ》二塁《るい》。

これでダブルプレイもない。

——よし！

銀河《ぎんが》はベンチで小《ちい》さくガッツポーズを取《と》った。

だが、続《つづ》く二番《ばん》の矢部《やべ》を、木場《きば》は三振《さんしん》にしてのけたのだ。

しかも、決《き》め球《だま》は——。

「『爆速《ばくそく》ストレート』……まさか！」

ベンチで見《み》ていた銀河《ぎんが》はおどろいて思《おも》わず立《た》ち上《あ》がってしまった。信《しん》じられなかった。

2ストライクの後《のち》に十一球目《きゅうめ》の「爆速《ばくそく》ストレート」を投《な》げてきたのだ！

ツーアウト二塁《るい》になってしまう。

木場《きば》がマウンドでにやりと笑《え》みを浮《う》かべた。

「ふっ……オレの『爆速《ばくそく》ストレート』は十球《きゅう》まで、とか、甘《あま》いことを考《かんが》えてたんじゃねえだろうな？」

たぶん、そんなことを言《い》った。

「強《つよ》がりに決《き》まってる！」

だが盛《も》り上《あ》がっていたパワフル高校部員《こうこうぶいん》たちの間《あいだ》に沈黙《ちんもく》が落《お》ちていた。三塁側《るいがわ》の応援《おうえん》スタンドもしん、と静《しず》かになってしまう。

あとアウトひとつで負《ま》けなのだ。

——負《ま》ける、のか。このまま……。

真《ま》っ黒《くろ》な絶望感《ぜつぼうかん》が銀河《ぎんが》の心《こころ》にも広《ひろ》がっていく。

打順《だじゅん》は三番《ばん》、スバルに回《まわ》る。左打《ひだりう》ちのスバルは、一塁側《るいがわ》のバッタースボックスに立《た》った。

「今度《こんど》もオマエの負《ま》けだぜ」

マウンド上《じょう》の木場《きば》がつぶやいた。声《こえ》は聞《き》こえなかったが、スバルにも銀河《ぎんが》にも彼《かれ》が言《い》っている言葉《ことば》は分《わ》かってしまう。

ネクスト・バッタースボックスで待《ま》つ銀河《ぎんが》の耳《みみ》にスバルの声《こえ》が届《とど》く。

「かもしれない。でも……**ボクは《来《き》た》よ**」

——スバル！

スバルの声《こえ》が届《とど》いたのだろうか。木場《きば》がにやりと笑《え》みを浮《う》かべた。

なぜだろう、銀河《ぎんが》は「こいつうれしそうだな」と思《おも》ってしまった。

そういえばスバルにも前《まえ》に似《に》たようなことを言《い》われたことがある。

胃《い》がキリキリ痛《いた》むような瞬鋭高校戦《しゅんえいこうこうせん》。スバルに「楽《たの》しそうだな」と言《い》われたのだ。

あのときはそんな馬鹿《ばか》なと思《おも》ったけれど……。

「行《い》くぞ！」

木場《きば》が吼《ほ》えた。

スバルがぐっとバットをにぎりしめる。

三番《ばん》を背負《せお》うだけあって、スバルは粘《ねば》った。ボールには手《て》を出《だ》さず、なにかを待《ま》つようにストライクはカット。

カウントが、３ボール、２ストライクになった。

マウンドの木場《きば》とスバルの目《め》が合《あ》う。

たがいの視線《しせん》が交《まじ》わり火花《ひばな》を散《ち》らすのが銀河《ぎんが》には見《み》えた。

——もしかして、スバルは「爆速《ばくそく》ストレート」狙《ねら》いか？

片膝《かたひざ》をつきながら銀河《ぎんが》はスバルの狙《ねら》いを考《かんが》える。

——でも、打《う》てるのか？

地区最速《ちくさいそく》と言《い》われる決《き》め球《だま》だ。スバルの打撃《だげき》センスがよいとはいえ、当《あ》てるだけならまだしも、長打《ちょうだ》はおろか、ヒットにできるかさえ……。

「来《き》た！」

決め球《だま》の「爆速《ばくそく》ストレート」だ！

「えっ！」

思《おも》わず銀河《ぎんが》の喉《のど》から声《こえ》が出《で》た。

スバルがバットを両手《りょうて》で持《も》ち、腰《こし》を落《お》としながらバットを固定《こてい》する。体《からだ》はもう一塁側《るいがわ》に向《む》かって倒《たお》れていた——これは！

「セーフティ……バント!?」

しかも、2ストライク後《ご》のバント。スリーバントだ！

キン、とバットが鈍《にぶ》い音《おと》を立《た》て、ボールが投手《とうしゅ》と捕手《ほしゅ》のちょうど真《ま》ん中《なか》から、やや投手《とうしゅ》よりに転《ころ》がる。ピッチャーに捕《と》らせるバントだった。

「くっ！　姑息《こそく》な！」

意表《いひょう》を突《つ》かれた木場《きば》が猛《もう》ダッシュして球《たま》を手《て》で直《じか》につかみ一塁《るい》へと投《な》げた。

だが、スバルはそのときにはもうファーストベースをふんでかけ抜《ぬ》けていた。

——そうか。考《かん》えたな、スバル！

「爆速《ばくそく》ストレート」には球数《たまかず》以外《いがい》にもうひとつ弱点《じゃくてん》があったのだ！

渾身《こんしん》の力《ちから》を込《こ》めて投《な》げるため、投《な》げた木場《きば》の守備動作《フィールディング》はやや不安定《ふあんてい》になる。

だから、投手《とうしゅ》に捕《と》らせるバントだったわけだ。

大杉監督《おおすぎかんとく》がベンチから立《た》ち上《あ》がる。代走《だいそう》の指示《しじ》だった。スバルを交代《こうたい》させ、ピンチランナーを送《おく》る。これでたとえ延長《えんちょう》になってもスバルは投《な》げられない。大杉監督《おおすぎかんとく》はこの回《かい》で勝負《しょうぶ》を決《き》めるとはっきりみんなに示《しめ》したわけだ。

ツーアウトながら、ランナーは一塁《るい》二塁《るい》。

走者一掃《そうしゃいっそう》ならば同点《どうてん》という場面《ばめん》になった。

ベンチに戻《もど》ってくるスバルとバッターボックスに向《む》かう銀河《ぎんが》がすれちがう。

その一瞬《いっしゅん》にスバルが告《つ》げてきた。

「銀河《ぎんが》、キミは正《ただ》しかったよ……」

銀河《ぎんが》はその言葉《ことば》の意味《いみ》を理解《りかい》できた。

「爆速《ばくそく》ストレート」は一試合《しあい》十球《きゅう》まで。それは正《ただ》しかったのだと。もし、いつもどおりの豪速球《ごうそっきゅう》ならば、スバルといえども簡単《かんたん》にセーフティバントなんてできたはずがなかった。つまり、木場《きば》の「爆速《ばくそく》ストレート」には、もはや最高《さいこう》のスピードは残《のこ》っていない！　スバルは負《ま》けを受《う》け入《い》れた。そして、そこで立《た》ち止《ど》まらずに考《かんが》え続《つづ》けたのだ。次《つぎ》に勝《か》つための方法《ほうほう》を……。

ボクは《来《き》た》よ！


——次《つぎ》は、オレの番《ばん》か。

バッタースボックスに立《た》つ銀河《ぎんが》の脳裏《のうり》に今《いま》までの練習《れんしゅう》の日々《ひび》が蘇《よみがえ》ってくる。さらに、幼《おさな》いころの思《おも》い出《で》も。

銀河《ぎんが》への初球《しょきゅう》。木場《きば》は内角《ないかく》ギリギリに「爆速《ばくそく》ストレート」を投《な》げてきた。

——やっぱり、そう来《き》たか！

振《ふ》ったバットのグリップ近《ちか》くにあたった。勢《いきお》いに負《ま》けて、ボールは後《うし》ろに飛《と》んだ。捕手《ほしゅ》の肩《かた》をかすめてバックネットに突《つ》き刺《さ》さった。

銀河《ぎんが》の手《て》が、しびれる。

「スピードが落《お》ちて……これかよ」

続《つづ》く球《たま》は外角高《がいかくたか》めのボールだった。

遊《あそ》び球《だま》が少《すく》ない木場《きば》にしてはめずらしいが、銀河《ぎんが》には木場《きば》が次《つぎ》への布石《ふせき》として投《な》げたのだと分《わ》かっていた。

「ってことは、次《つぎ》は……」

外角低《がいかくひく》めに「爆速《ばくそく》ストレート」！

「くっ！」

辛《かろ》うじて当《あ》てたが、ボールは三塁線《るいせん》の外《そと》へと飛《と》んでファウルになった。

カウント、1ボール、2ストライク。

銀河《ぎんが》と木場《きば》の読《よ》み合《あ》いだった。

――ピッチャー有利《ゆうり》のカウントだ。オレが捕手《ほしゅ》で投手《とうしゅ》が大津《おおつ》だったら一球《きゅう》は様子見《ようすみ》をさせる。けど、おそらく木場《きば》は……。

木場《きば》がセットポジションに入《はい》った。

その一瞬《いっしゅん》、銀河《ぎんが》の視界《しかい》には木場《きば》しかいなくなった。

周《まわ》りの喧騒《けんそう》がすべて消《き》えて、マウンドの土《つち》の色《いろ》さえ忘《わす》れていた。見《み》えているのは木場《きば》の体《からだ》と、そこから繰《く》り出《だ》される白球《はっきゅう》だけ。

極限《きょくげん》まで絞《しぼ》り切《き》られた集中《しゅうちゅう》は時間《じかん》の流《なが》れを遅《おそ》くする。

ボールが手《て》から離《はな》れた。

――来《き》た！　「爆速《ばくそく》ストレート」だ！

手《て》もとでホップする軌道《きどう》に合《あ》わせるように銀河《ぎんが》はバットを出《だ》した。

力《りき》みもなく、全身《ぜんしん》の力《ちから》を使《つか》ってバットを振《ふ》る。

当《あ》たった。

手《て》に衝撃《しょうげき》を感《かん》じるが、そのままバットを振《ふ》りぬいた。

青空《あおぞら》に高《たか》く高《たか》く金属音《きんぞくおん》が抜《ぬ》けていく。

白《しろ》いボールは青《あお》い空《そら》に向《む》かって点《てん》となって舞《ま》い上《あ》がり……。

その瞬間《しゅんかん》に時間《じかん》の流《なが》れが戻《もど》った。

爆発《ばくはつ》したかのような歓声《かんせい》が球場中《きゅうじょうじゅう》からわき起《お》こる。

白球《はっきゅう》がバックスクリーンに飛《と》び込《こ》んだ。

——まさか、ホームラン？

自分《じぶん》でも信《しん》じられなかった。

大歓声《だいかんせい》のなかを順《じゅん》にベースをふんでいく。

ふわふわと体《からだ》が今度《こんど》は浮《う》き上《あ》がったかのよう。

ホームへと向《む》かう銀河《ぎんが》の目《め》に仲間《なかま》たちの姿《すがた》が映《うつ》る。　スバルがほほえんでいた。

銀河《ぎんが》は仲間《なかま》たちが、スバルが待《ま》つホームベースへと勢《いきお》いよく飛《と》び込《こ》んでいった。

エピローグ

地区大会《ちくたいかい》の優勝《ゆうしょう》が決《き》まった瞬間《しゅんかん》。

スタンドの観客《かんきゃく》たちはどよめいた。

下馬評《げばひょう》では圧倒的《あっとうてき》に有利《ゆうり》だった覇堂高校《はどうこうこう》を破《やぶ》ったのが、ようやく最近《さいきん》になって力《ちから》をつけてきたと見《み》なされていたパワフル高校《こうこう》だったからだ。

おどろきと、興奮《こうふん》とで、球場《きゅうじょう》はお祭《まつ》りになったかのよう。

パワフル高校《こうこう》の応援団《おうえんだん》たちが歓声《かんせい》をあげつつ泣《な》いていた。応援《おうえん》していた彼《かれ》らさえ勝《か》てるとは思《おも》っていなかったのだろう。

「まさかオレたちが負《ま》けるとはなぁ……」

整列《せいれつ》して礼《れい》を終《お》えた銀河《ぎんが》とスバルのもとへと木場《きば》がやってきて言《い》った。

「やっぱり、オマエはすげえよ、星井《ほしい》。あのとき、なんとしてでもウチの野球部《やきゅうぶ》につなぎとめるべきだったなあ」

「つなぎとめたかったのに、あんなこと言《い》ったのかよ……」

銀河《ぎんが》は思《おも》わず脇《わき》から口《くち》を出《だ》してしまった。

「なんのことだよ？」

「オマエ、スバルを、負《ま》け犬呼《いぬよ》ばわりしただろ！」

「おお、当然《とうぜん》だな。勝負《しょうぶ》から降《お》りたままなら負《ま》け犬《いぬ》だろ？　ああ言《い》えば、また勝負《しょうぶ》をしに来《く》ると思《おも》ってたんだけどよ」

「なっ……！　じゃ、じゃあ、オマエはスバルとまた勝負《しょうぶ》をしたかったから、ああ言《い》ったってのか……？」

「もちろんだぜ。たがいに相対《あいたい》すれば、そのつど勝《か》ち負《ま》けなんてリセットされるじゃねえか。といっても、オレが勝《か》つに決《き》まってるけどな」

「……いや、今負《いまま》けたばっかりだろ」

「忘《わす》れた」

「わ、忘《わす》れたって……」

「だからオレは負《ま》け犬《いぬ》じゃねえ。なにしろ次《つぎ》の勝負《しょうぶ》ではまだ負《ま》けてねぇからな！」

「なんてポジティブなやつなんだ……」

――天然《てんねん》かよ！

――分《わ》かりづらいよ！　励《はげ》ますなら、もっとふつうに励《はげ》ませよ！

「アレ？　オレはなんか妙《みょう》なことを言《い》ってるか？」

「お、オマエなあ……」

「銀河《ぎんが》」

スバルが食《く》って掛《か》かろうとした銀河《ぎんが》を止《と》めた。

「いいんだ、銀河《ぎんが》。結局《けっきょく》、ボクはあのとき逃《に》げ出《だ》したし、今《いま》ではそれでよかったと思《おも》ってる。覇堂高校《はどうこうこう》にいたままだったら、ボクはダメになっていた。木場《きば》、キミの大《おお》きな背中《せなか》の陰《かげ》で、いつまでも小《ちい》さく丸《まる》まっていたにちがいない」

スバルが銀河《ぎんが》のほうへと振《ふ》り返《かえ》る。

「パワフル高校《こうこう》の野球部《やきゅうぶ》のみんなと、銀河《ぎんが》と出会《であ》えたから、今《いま》のボクがあるんだ。ボクはこの高校《こうこう》に来《き》てよかった！」

「スバル……！」

木場《きば》が肩《かた》をすくめる。

「星井《ほしい》がそう言《い》うのなら、そうなんだろうな。ま、オマエたちは充分強《じゅうぶんつよ》かったさ」

「……やけに素直《すなお》じゃないか」

「あたりまえだぜ。でけえかべほど壊《こわ》しがいがあるってもんだろ。敵《てき》は強《つよ》いほうがいい！」

——なんてうれしそうに言《い》うんだ、こいつは！

——しかも、かべを乗《の》り越《こ》えるんじゃなくて壊《こわ》す気《き》なのかよ！

「次《つぎ》は負《ま》けねえ。とはいえ今回《こんかい》はオレたちの負《ま》けだ。オレたちのぶんまで甲子園《こうしえん》で暴《あば》れてきてくれよな！」

スバルがうなずいた。

傍《かたわ》らに立《た》つ銀河《ぎんが》もその言葉《ことば》にようやく実感《じっかん》がわき起《お》こる。

——甲子園《こうしえん》！

全国高校球児《ぜんこくこうこうきゅうじ》の夢《ゆめ》の舞台《ぶたい》。その舞台《ぶたい》に銀河《ぎんが》たちが挑《いど》むのだ。

今日《きょう》の戦《たたか》いはもう終《お》わった。また新《あら》たなる勝負《しょうぶ》が始《はじ》まる。勝《か》ちも負《ま》けもリセットされて、そこにあるのは新《あら》たな挑戦《ちょうせん》だけだ。

「うれしそうだよ、銀河《ぎんが》」

今度《こんど》は自分《じぶん》でもそれは自覚《じかく》できていた。

「ああ、うれしいさ。だって、甲子園《こうしえん》だぜ！」

あの夏《なつ》の終《お》わりの夜《よる》にちかった言葉《ことば》が心《こころ》に蘇《よみがえ》る。

「**甲子園《こうしえん》をめざそう。そして、ふたりとも、いつかプロ野球選手《やきゅうせんしゅ》になるんだ！**」

今《いま》、ふたりの夢《ゆめ》の続《つづ》きが始《はじ》まる。

夏《なつ》の始《はじ》まりの青《あお》い空《そら》に、白《しろ》い飛行機雲《ひこうきぐも》が、夢《ゆめ》へと続《つづ》いているような気《き》がしていた。

角川つばさ文庫

はせがわみやび／作

埼玉県さいたま市在住。ライトノベルやゲームのノベライズを多く手掛ける。代表作は「新フォーチュン・クエスト リプレイ」シリーズ（深沢美潮と共著）、「ファイナルファンタジーXI」シリーズ、「グランブルーファンタジー」シリーズなど。作者Twitterは@miyabi_hasegawaです。

ミクニ シン／絵

東京都在住の漫画家。代表作は「Spray King」（ライバルKC）、「学研まんが 科学ふしぎクエスト」シリーズ（学研プラス）、「サンゴクシーズン」（漫画サイト「漫画街」にて、全話無料で掲載中）など。
漫画街【http://www.manga-gai.net/manga/sangoku/sangoku_index/sangoku_index.html】

角川《かどかわ》つばさ文庫《ぶんこ》

実況《じっきょう》パワフルプロ野球《やきゅう》

めざせ最強《さいきょう》バッテリー！

作《さく》　はせがわみやび

絵《え》　ミクニ シン

2018年５月15日　初版発行
2024年12月20日　５版発行

発行者　山下直久
発　行　株式会社KADOKAWA
　　　　〒102-8177　東京都千代田区富士見 2-13-3
　　　　電話　0570-002-301（ナビダイヤル）
印　刷　株式会社KADOKAWA
製　本　株式会社KADOKAWA
装　丁　ムシカゴグラフィクス

ISBN978-4-04-631807-7　C8293　N.D.C.913　198p　18cm

読者のみなさまからのお便りをお待ちしています。下のあて先まで送ってね。
いただいたお便りは、編集部から著者へおわたしいたします。

〒102-8177　東京都千代田区富士見 2-13-3　角川つばさ文庫編集部

角川つばさ文庫発刊のことば

角川グループでは『セーラー服と機関銃』(81)、『時をかける少女』(83・06)、『ぼくらの七日間戦争』(88)、『リング』(98)、『ブレイブ・ストーリー』(06)、『バッテリー』(07)、『DIVE!!』(08)など、角川文庫と映像とのメディアミックスによって、「読書の楽しみ」を提供してきました。

角川文庫創刊60周年を期に、十代の読書体験を調べてみたところ、角川グループの発行するさまざまなジャンルの文庫が、小・中学校でたくさん読まれていることを知りました。

そこで、文庫を読む前のさらに若いみなさんに、スポーツやマンガやゲームと同じように「本を読むこと」を体験してもらいたいと「角川つばさ文庫」をつくりました。

読書は自転車と同じように、最初は少しの練習が必要です。しかし、読んでいく楽しさを知れば、どんな遠くの世界にも自分の速度で出かけることができます。それは、想像力という「つばさ」を手に入れたことにほかなりません。

「角川つばさ文庫」では、読者のみなさんといっしょに成長していける、新しい物語、新しいノンフィクション、角川グループのベストセラー、ライトノベル、ファンタジー、クラシックスなど、はば広いジャンルの物語に出会える「場」を、みなさんとつくっていきたいと考えています。

読んだ人の数だけ生まれる豊かな物語の世界。そこで体験する喜びや悲しみ、くやしさや恐ろしさは、本の世界の出来事ではありますが、みなさんの心を確実にゆさぶり、やがて知となり実となる「種」を残してくれるでしょう。

かつての角川文庫の読者がそうであったように、「角川つばさ文庫」の読者のみなさんが、その「種」から「21世紀のエンタテインメント」をつくっていってくれたなら、こんなにうれしいことはありません。

物語の世界を自分の「つばさ」で自由自在に飛び、自分で未来をきりひらいていってください。

ひらけば、どこへでも。——角川つばさ文庫の願いです。

角川つばさ文庫編集部